El Secreto de Damien II

SUNNI T. CONNOR

Copyright © 2022 Sunni T. Connor
Todos los derechos reservados bajo
NatSunni, Sunni T. Connor.
www.naturallysunni.com

Damien's Secret Series

ISBN: 978-1-7371849-6-6

DEDICATORIA

Dedico este libro a mis hermosos padres, a mis
cariñosos hijos, a mi apuesto compañero del alma y a
mis fieles lectores. Gracias a todos por permitir que
mi imaginación se expanda y por aceptar mi
creatividad.

TABLA DE CONTENIDO

Reconocimientos   i

1   El Turno de Brianna   1

2   Papá Está Aquí   19

3   La Cárcel   27

4   Libertad   47

5   Me Perteneces   60

6   El Turno de Papá   83

7   El Turno de Damien   99

8   Bella vs Brianna   108

9   El Turno de Vanessa   130

10   Engañando a la Muerte   147

11   El Turno de Craig   163

12   Cena Familiar   176

13   El Secreto de Damien   203

RECONOCIMIENTOS

Publicado por Naturally Sunni LLC.
Editado por William Hunt
Traducido por Carlos Javier Figueroa

1
EL TURNO DE BRIANNA

Dos fuertes golpes sonaron en la puerta. La cara de Brianna se iluminó como un árbol de Navidad. Dawn frunció el ceño y esperó que fuera papá o alguien que pudiera ayudar. Miró a Brianna, que estaba de pie a un lado de la puerta, sólida y firme. Brianna amartilló la pistola y se pasó el dedo índice por los labios perfectamente perfilados para decirle a Dawn que se callara. El corazón de Dawn palpitó con expectación para ver quién estaba al otro lado de la puerta. Nunca había estado tan asustada.

"No está cerrada con llave", dijo Brianna con calma. La puerta se abrió y se oyeron dos disparos.

El cuerpo de Dawn se deslizó lentamente por el sofá, con los ojos dando vueltas sin control, la boca abierta mientras jadeaba en busca de aire. Sus pensamientos se apoderaron de ella mientras perdía el conocimiento.

Ahora estoy aquí en este momento. No sé si estoy soñando o si estoy muerta. Estoy en un lugar oscuro y no puedo ver nada. Los sonidos son apagados, y no puedo encontrar las partes de mi cuerpo, pero todavía puedo escuchar mis pensamientos en mi mente. Mi energía es débil. Me esfuerzo por escuchar. Me esfuerzo por oír a Brianna, a Damien o a cualquiera. Pero no puedo. Sólo puedo escuchar mis pensamientos. No puedo imaginar la cara de nadie excepto la mía, que también es la de Damien. No puedo oler, pero siento una sensación de calor, y eso me da esperanza.

Tal vez no estoy muerto. Tal vez estoy atrapado en una pesadilla. Me esfuerzo por mover los dedos de los pies, pero no los siento. Ni siquiera puedo ver mi mano. El calor que sentía hace unos segundos ha desaparecido, y ahora siento un escalofrío. Mi espacio es ahora completamente silencioso. Ni siquiera los sonidos apagados están ya aquí. ¿Dónde está aquí? Quiero abrir los ojos, pero sólo veo oscuridad. Ya no estoy seguro de tener ojos.

Damien me dijo una vez: "La verdad está dentro de los ojos". Quiero parpadear tanto. Quiero sentir. Por primera vez, pido ayuda a Dios. Odio admitir que tengo miedo. Nunca he sentido verdadero miedo, y se siente poco acogedor para mi cuerpo. Si es que todavía tengo un cuerpo. Puedo sentir que me voy de donde sea que esté.

Todo se desvanece, incluso mis pensamientos. Estoy luchando por la conciencia, pero puedo sentir que se aleja. Estoy segura de que ya estoy muerta. Si sólo puedo parpadear, diré la verdad sobre todo. Damien al menos merece la verdad antes de que me vaya para siempre. Su secreto no es nada comparado con el secreto que vive dentro de mi muerte. Si la verdad está realmente dentro de los ojos, sólo puedo esperar que mis párpados se abran de nuevo. Ahora he perdido mis pensamientos, y no me queda más que una mirada vacía en la profunda oscuridad.

"¿Qué demonios te pasa?" Preguntó Craig mientras daba un portazo a la puerta del apartamento de Dawn. "¿Por qué le disparaste?" Corrió al lado de Dawn.

"Ella merece morir. Es la escoria de la tierra". Brianna se paseó por la habitación. "¿Por qué has tardado tanto?" Sacó un trapo de su bolso Gucci y limpió los pomos de las puertas.

Craig sacudió el cuerpo inerte de Dawn, ignorando por completo a Brianna. "¡Dawn! ¡Dawn! ¿Puedes oírme?"

"¡No, no puede oírte!" Brianna gritó. "¡Está muerta! Vamos, vámonos antes de que los dos estemos en la cárcel".

Las palabras de Brianna sacaron a Craig de su estado de meditación. "No puedo dejarla. Ella lleva a mi bebé. Me mentiste. Me dijiste que sólo querías hablar con ella". Craig sostuvo el cuerpo de Dawn en sus brazos mientras se mecía de un lado a otro. "¿Por qué has hecho esto, Bella? Después de todo lo que hemos pasado. ¿Por qué?" Las lágrimas llenaron sus ojos.

"Te lo explicaré más tarde. Te lo prometo. Pero Craig, escucha, tenemos que irnos". Brianna sostuvo la cara de Craig con ambas manos y lo miró fijamente a los ojos. "Confía en mí. Tienes que dejarla".

Los dos se precipitaron al coche de Craig, donde se sentaron en silencio. Craig no arrancó el vehículo. Tras dos minutos de incómodo silencio, Brianna sugirió que cambiaran de asiento para que ella pudiera conducir. Encendió la radio y Craig la apagó rápidamente.

"Necesito un poco de aire", dijo, abriendo la ventanilla. Se sentía mareado. Tenía las piernas entumecidas y le dolía el corazón. Había llegado a amar a Dawn, y estaba emocionado por conocer a su hijo no nacido. Sabía que Dawn era la última mujer con la que estaría íntimamente, y sabía que su bebé era el único que crearía por amor. Si alguna vez tenía un bebé con otro hombre, tendría que ser con alguna madre sargento desconocida.

Mientras Brianna los alejaba del apartamento de Dawn, Craig agachó la cabeza. "¿A dónde vamos?"

"A la cabaña. Sé que no puedes ver esto ahora, pero esto es algo bueno, Craig".

"¿Algo bueno? Bella, ¿estás jodidamente loca? Acabas de asesinar a la mujer que amaba, y estaba embarazada de mi hijo. Ni siquiera sé por qué sigo en este coche contigo". Craig dio un puñetazo al salpicadero, haciendo que el compartimento se abriera y derramara servilletas por el suelo.

"¿Pensé que amabas a Damien? Es imposible que ames a Dawn, es malvada. Bueno, era malvada... no es que la conocieras realmente".

"¿Y lo hiciste? Has estado escondida durante los

últimos diez años, pero yo he estado con ella durante años. Creo que sé quién era".

"Oh, sí que la conozco", dijo Brianna siniestramente.

"¿Qué se supone que significa eso?"

"Vamos a hablar cuando lleguemos a la cabaña. Ahora mismo tenemos que centrarnos en salir de la ciudad y en conseguirte una coartada sólida".

"¿Por qué iba a necesitar una coartada? ¿Hay algo más que necesites decirme?" Craig miró fijamente la cara de Brianna, sospechando que no le estaba contando todo.

"No, Craig. Es que tú eras su prometido, lo que te convierte en el sospechoso más obvio. No debería haberte dicho que te reunieras conmigo allí, pero era la única forma de conseguir su dirección a través de ti. Ese fue mi mayor error. ¿Y si alguien te vio?". Sus ojos se pusieron vidriosos mientras miraba la carretera, como si hubiera caído en una profunda ensoñación.

"No me importa si alguien me vio. Yo no he hecho nada. Tú eres el que ha planeado todo esto. ¿Quién eres tú?"

"Soy tu hermana, Bella. Nada ha cambiado". Su mano tembló sobre el volante. "Tienes que confiar en mí. Te protegeré a toda costa. Tú me protegiste una vez, y ahora es el momento de devolverte el favor".

"Puedo prescindir de tus favores", murmuró en voz baja.

Miró fijamente a los ojos de Craig, mirando de vez

en cuando hacia la carretera. "Dawn no era quien tú creías que era, y sé que ahora mismo estás sufriendo, pero volvería a disparar contra ella. Haría cualquier cosa para protegernos".

Craig apartó la mirada. "No quiero seguir hablando de esto".

El intermitente chasqueó como un metrónomo cuando entraron en la larga carretera que llevaba a la cabaña. Craig se había quitado el cinturón de seguridad y tenía la mano en el pomo de la puerta antes de que los neumáticos dejaran de hacer crujir la grava.

Cuando Craig entró en el familiar camino de entrada y olió el fresco aroma de los pinos, sintió que su cuerpo se relajaba por primera vez desde el encuentro con Brianna. La cabaña había sido durante mucho tiempo un lugar seguro para ambos. Los padres adoptivos de Craig eran los dueños de la cabaña, y su familia iba allí todos los fines de semana. Estaba apartada de la carretera, ofreciendo privacidad y tranquilidad. Nadie los molestaría aquí.

En lugar de entrar con Brianna, Craig decidió sentarse en el porche de madera en una hamaca. Se encontraba sumido en profundos pensamientos. Se balanceó en la hamaca, recordando el día en que había conocido a Brianna. Ahora le parecía una obra del destino.

Poco después de conocer la noticia de sus padres

adoptivos de que su padre biológico, Ralph, había sido asesinado, Craig decidió volver a su antigua casa para recuperar una foto y una pulsera muy especiales de su madre. En ese momento tenía trece años.

Craig odiaba la casa de Ralph, que guardaba muchos malos recuerdos, especialmente el sótano. Allí era donde su padre lo había tenido encerrado durante meses después de darse cuenta de que era gay. También era donde su padre lo había violado. Craig tenía toda la intención de colarse en la casa, que seguía rodeada de cinta amarilla de precaución como un terrible regalo envuelto sólo para él, coger las pocas pertenencias sagradas y salir corriendo sin quedarse ni un segundo más de lo necesario.

Sin embargo, cuando entró en la fría, vacía y oscura casa, sintió una complicada bola de emociones. Todo se le vino encima. Encendió la linterna y su corazón palpitó a cada paso que crujía. La casa tenía eco y olía a muerte.

Primero se dirigió a su antigua habitación y miró todos sus viejos y raídos juguetes de tienda de segunda mano. Cogió una vieja pelota de béisbol que le había regalado su tío hacía años y la metió en la mochila. Caminó por el pasillo y cogió una foto de su madre de la pared. Siguió hasta la habitación de Ralph, que no había sido limpiada desde su asesinato.

Craig entró en la habitación con precaución. La sangre lo salpicaba todo, incluidas las sábanas de color crema, que se habían vuelto marrones por la sangre vieja. Craig sólo estuvo allí unos segundos antes de sentir una necesidad compulsiva de volver al pasillo.

Respirando profundamente para serenarse, Craig se dijo que no había nada que temer. Volvió a entrar lentamente en la inquietante habitación e inmediatamente buscó el baúl que contenía las pertenencias de su madre. Sintió una oleada de alivio cuando encontró la pulsera y la foto de él y su madre en la playa. Estaban los dos solos en la vieja foto polaroid, su madre abrazándole con fuerza mientras su gran sombrero de playa le caía sobre la cara. Craig sonrió y frotó la foto con el pulgar.

Mientras metía la foto en su bolso, oyó que alguien andaba por la casa. Se quedó quieto para escuchar, temblando incontroladamente de miedo.

Como no quería encontrarse con ningún ladrón o delincuente, Craig se metió debajo de la cama ensangrentada en la que habían asesinado a su padre y esperó. Rezó para que quienquiera que estuviera en la casa no subiera. Se sintió como si hubiera estado bajo la cama durante una eternidad. Cerró los ojos al oír los pasos que subían por las escaleras, tan aterrado que se orinó encima. De repente, los pasos volvieron a bajar las escaleras y al sótano. Poco después, una puerta se cerró de golpe.

Craig esperó impacientemente otros cinco

minutos antes de moverse. Cuando salió de la cama, el olor acre del humo le hizo cosquillas en la nariz. Presa del pánico, cogió su mochila y bajó corriendo los escalones mientras el humo se hacía más denso y las llamas rugían. Pero el fuego aún no había llegado al piso superior, lo que le dio la esperanza de poder escapar.

Las llamas ya estaban lamiendo la puerta principal, así que corrió hacia la puerta trasera. Sin embargo, justo cuando tocó el pomo de la puerta, alguien empezó a toser. El sonido provenía del sótano, el lugar que Craig temía más que ningún otro. Pensó en salir corriendo de la casa, pero su curiosidad no le permitía dejar que alguien muriera quemado.

"¡Hola!", susurró con miedo, tosiendo al abrir la puerta del sótano. "¿Hay alguien ahí abajo?"

"¡Ayuda, por favor, ayuda!", respondió una débil voz, débil y frágil.

"¡Ya voy!" gritó Craig mientras bajaba de dos en dos los escalones del sótano. Su corazón se aceleró por la ansiedad y el miedo.

"Estoy aquí". Las palabras de Brianna estaban salpicadas de toses. "No puedo moverme".

"¿Qué te ha pasado? La casa se está quemando rápidamente. ¿Puedes intentar caminar?" Craig trató de levantar a Brianna del frío suelo de cemento, pero ella se desprendió de su agarre como un pez flácido.

"No puedo. Déjame. Sálvese quien pueda. Sólo dile a mi familia que fue...." La cabeza de Brianna rodó hacia atrás antes de que pudiera terminar. Estaba inconsciente pero aún respiraba.

"Te sacaré de aquí", susurró Craig mientras se esforzaba por arrastrar el cuerpo de Brianna hacia las escaleras del sótano. Después de llegar a la mitad de los escalones, se dio cuenta de que ella era demasiado pesada para su escuálido cuerpo de trece años. La soltó y corrió hasta el final de la escalera.

Antes de abrir la puerta del sótano, miró a Brianna que estaba encorvada, inmóvil. "No puedo dejarla, morirá", murmuró para sí mismo antes de volver a correr por los escalones para subirla con todas sus fuerzas.

El humo era cada vez más espeso y la misión parecía más imposible a cada paso que daba. Sin darse cuenta, Craig había llegado a la puerta trasera. Arrastró a Brianna por los tres escalones exteriores. Tosiendo incontroladamente, cayó sobre la hierba, jadeando.

"¡Oye! Despierta", exigió, mientras sacudía a Brianna.

Ella no respondió, pero él vio que su brazo se movía y supo que estaba viva. Le entró el pánico y corrió hasta el teléfono público para llamar a sus padres adoptivos. Le hicieron un millón de preguntas frenéticamente y luego le prometieron estar allí de inmediato. Craig y Brianna esperaron en el patio trasero de una casa vacía a dos puertas del incendio.

Mientras esperaba, Craig recordó los pocos momentos de diversión que había tenido en esa casa mientras su madre estaba viva. Sus pensamientos cambiaron rápidamente al ver cómo el humo gris llenaba el aire. Tenía miedo de llamar a la policía porque pensaba que le culparían del incendio, o tal vez alguien descubriría que Ralph era su padre. No quería que nadie lo supiera. No tenía ni idea de qué hacer con Brianna. Decidió que la policía la encontraría y que él podría irse con su familia cuando llegaran.

Brianna comenzó a mirar a su alrededor con ojos débiles.

"Me alegro de que te hayas despertado", dijo Craig. "La policía te encontrará aquí. Sólo grita cuando vengan a apagar el fuego".

"¡Agua!" suplicó Brianna en un tono bajo. Craig sacó una botella de agua de su mochila, desenroscó el tapón y acercó la botella a los labios de Brianna como si fuera un bebé. Ella bebió rápidamente.

"¿Cómo te llamas?" preguntó Craig. "¿Qué hacías ahí dentro?"

"Por favor, llévame contigo. Ella me encontrará y terminará de matarme. Es una maníaca". Cayó en un ataque de tos, incapaz de decir más.

"¿Quién? ¿Quién te encontrará? No puedo llevarte conmigo. Mis padres nunca lo aceptarán".

"Mis padres son áticos sexuales, y yo fui su esclava sexual. No me hagas volver allí. Sólo dile a tus padres. Prometo no hacer un escándalo. Me mantendré al margen de todos. Es mejor que piense que estoy muerta". Los ojos de Brianna estaban redondos y hundidos por el miedo.

Craig frunció el ceño, confundido. "¿Quién? ¿Tu madre?"

"No, el diablo. Ella es real. Me da miedo decir su

nombre porque puede saber que estoy viva y perseguirme en mis sueños. Ella es la que quemó la casa. Intentó quemarme con ella. Pensó que ya me había matado y vino a terminar el trabajo. He estado en ese sótano durante no sé cuánto tiempo. Supongo que he estado inconsciente. Sólo recuerdo haberme despertado cuando olí el humo".

"Eso suena terrible, pero esto es demasiado. No podemos quedarnos con usted. Estoy seguro de que la gente te está buscando; te ayudarán".

"La única que me buscará es ella. También podría haberme dejado en ese fuego para que muriera. Me matará si me encuentra aquí, estoy seguro. Es un monstruo de sangre fría. Tú eres mi única oportunidad de tener una vida normal". Tragó con fuerza, estabilizándose. "Mi nombre es Brianna, por cierto".

"Yo soy Craig. Mierda, ahí van mis padres". Craig se levantó para saludar a sus padres.

"Diles que mi familia está tratando de matarme, por favor. Diles todo lo que tengas que decir".

"Lo intentaré", susurró Craig antes de dirigirse al flamante Lincoln Town Car de sus padres y abrir la puerta.

"¡Deprisa, entra!", dijo su padre adoptivo. "¿Qué ha pasado? ¿Qué estás haciendo aquí?"

"Es una larga historia, papá, y no tengo tiempo de explicarla ahora, pero no puedo entrar en el coche sin esa chica". Señaló a Brianna.

"Será mejor que entres en este maldito coche", exigió su madre adoptiva. "¡Quiero decir ahora mismo, Craig!"

"Lo siento, pero no puedo dejarla. Sus padres intentaron matarla esta noche, y su padre la viola. La he salvado del fuego. Si la dejo, todos seremos responsables de su muerte".

Los tres giraron la cabeza al oír el ulular de las sirenas que se acercaban.

"¡Deprisa, sube al coche!", dijo su madre. "Tu padre acaba de firmar el mayor contrato de su carrera, ya es bastante difícil para un negro. Sabes que no puede estar en el centro de atención de los medios de comunicación en este momento".

"Lo siento, mamá. No puedo dejarla. Han intentado quemarla viva esta noche, y si la dejo, volverán para terminar el trabajo. No puedo hacerlo". Craig jugueteó con la cremallera de su chaqueta para evitar la mirada de sus padres. "¿Y si nunca me salvaron? Tengo la oportunidad de salvarla. O ella viene, o yo no puedo volver a casa. Os quiero a los dos, pero no puedo dejarla". Su voz se había vuelto ronca por las lágrimas.

La madre de Craig se ablandó al mirar a Brianna. "¿Qué tal si la llevamos con nosotros esta noche? Luego podemos volver a hablar por la mañana y decidir qué hacer".

"Ayúdame con ella, papá", instó Craig, sabiendo que la policía llegaría en cualquier momento. "Ella no puede caminar".

Craig y su padre ayudaron a Brianna a entrar en el coche y se marcharon, pasando junto a varios policías y camiones de bomberos gritando por la carretera.

Cuando llegaron a la casa de los padres de Craig, Brianna les mostró los arañazos y los moratones que Dawn le había dejado en el cuello. Les mintió diciéndoles que las marcas eran de su madre y que era la esclava sexual de sus padres. Les convenció de que sus padres la encontrarían si sabían que estaba viva. Ni la casa de acogida ni la policía podían mantenerla a salvo. Los padres adoptivos de Craig siempre habían tenido debilidad por los niños maltratados, por eso habían adoptado a Craig.

Aquella noche, tras escuchar las historias de horror de Brianna, decidieron quedarse con ella. La rebautizaron como Bella y decidieron que, para protegerla de que sus padres maltratadores la encontraran, la educarían en casa y sólo la dejarían salir de ella los fines de semana para quedarse en la cabaña, el único lugar fuera de la casa donde estaba a salvo del riesgo de ser reconocida.

Ahora, diez años después del incendio, Craig estaba conmocionado porque la chica que había rescatado de aquel sótano había asesinado a Dawn y a su hijo no nacido. Ya no quería estar cerca de Brianna, ni de nadie más. Necesitaba tiempo para procesar todo lo que había sucedido.

Pasaron unas horas hasta que Brianna llegó a la puerta principal, con dos tazas de café.

"¿Estás listo para hablar ahora?", preguntó, entregándole a Craig una taza.

"Sólo si estás listo para decirme lo que realmente está pasando", ladró Craig mientras arrebataba la taza, derramando el café en su mano.

"Entra y te lo contaré todo. Te contaré la verdadera verdad sobre la noche en que me encontraste". Brianna sostuvo la puerta abierta, invitándolo.

"Estaba pensando en esa noche", admitió Craig mientras atravesaba la puerta. "Me estoy cuestionando todo lo que creía saber sobre ti. Te quiero más que a nada, pero ahora mismo ni siquiera sé quién eres". Se sentó cerca del fuego y miró las llamas.

"Nunca quise hablar de esto; quería protegerte. Pero te debo la verdad después de lo que ha pasado hoy". Brianna suspiró con fuerza. "Dawn es la que intentó matarme aquella noche. Ella es el demonio del que hablaba. Está poseída".

Craig levantó las cejas. "¿Dawn es la misteriosa persona a la que has estado llamando demonio todos estos años? ¿Por qué iba a intentar matarte?" La observó atentamente, tratando de entender.

Brianna mantuvo la voz baja, como si temiera que Dawn pudiera escucharla. "Era una fanática del control. Parecía tan perfecta e inocente, pero en realidad era demoníaca. Me plantó pesadillas en la mente para que fuera su amiga".

"¡Esto parece una locura! Estuve con Dawn durante años y nunca detecté un ápice de maldad en ella".

"Entiendo que esto puede ser difícil de creer, pero ella era manipuladora. Podía interpretar el personaje que quisiera. Me atormentaba con pesadillas, por eso tenía tanto miedo de que me matara si sabía que seguía vivo. Era yo o ella, Craig".

"Sólo tenía trece años, Bella. Podrías haber hecho que la arrestaran y la enviaran al reformatorio".

"No era tan sencillo. Dawn controlaba mi mente. Las pesadillas sólo pararon cuando ella pensó que yo estaba muerta. ¿Te imaginas dormir aterrorizado todas las noches de tu vida? Ella utilizó mis miedos más profundos para asustarme".

"¿Y tus padres? ¿También mintió sobre ellos?" La voz de Craig goteaba de sarcasmo; se sentía dolido porque ella le había mentido durante tanto tiempo.

"Sí". Brianna bajó la cabeza avergonzada. "Mis padres eran las personas más increíbles, y me mimaban y querían como nadie. Yo era su única hija. Sus corazones deben haberse roto en pedazos, pensando en mí, echándome de menos, preguntándose qué me habrá pasado. Mi pobre madre". Brianna se cubrió la boca para calmar sus labios temblorosos.

"Vale, a ver si lo entiendo. ¿Dices que Dawn te estranguló e intentó quemarte el día que fui a buscar la foto de mi madre a la casa de mi padre?" Miró directamente a Brianna. "Tus padres no están metidos en la esclavitud sexual o lo que sea, pero tú dijiste que lo estaban. ¿Dijiste todo eso para que Dawn pensara que estabas muerta?"

"Sí. Salvo el día del incendio, ella ya pensaba que estaba muerta. Estuve en el sótano durante días, demasiado débil para gritar pidiendo ayuda o subir los escalones. Entraba y salía de la conciencia, y me quedaba allí, incapaz de sacar fuerzas para salir". Las lágrimas llenaron sus ojos. "Luego volvió para quemar la casa, para deshacerse de mí para siempre. He echado mucho de menos a mis padres, y ahora que está muerta, sé que no puede perseguirme, y sé que mis padres estarán a salvo. Ahora puedo ir a buscarlos. Gracias por todo lo que has hecho por mí durante estos años. Eres realmente mi hermano". Se acercó a Craig.

"Pero todavía no me has dicho por qué intentó matarte en primer lugar".

"No puedo decirte por qué. Tiene algo que ver con el hermano gemelo de Dawn, Damien. No te va a gustar. Sé que quieres a Damien, así que por ahora es todo lo que puedo decirte".

"Bueno, eso es una mierda. Aprecio que te hayas abierto -¡a medias! Pero no puedo perdonarte de inmediato. Necesito algo de tiempo, Bella. Te quiero como una hermana de verdad, pero esto es mucho para asimilar. Acabo de ver a mi novia asesinada, junto con nuestro bebé".

"Lo entiendo. Espero que algún día puedas perdonarme". Brianna bajó la cabeza. Cogió el mando a distancia y puso la televisión en el canal de noticias para cambiar de tema.

Hoy en Detroit, tuvimos un incendio en la Avenida Woodward. Hubo dos víctimas. Lamentablemente, se reportaron disparos en el otro lado de la ciudad, y una mujer de veintitrés años fue encontrada. La policía no ha revelado su identidad ni su estado. Piden a cualquiera que tenga información que se ponga en contacto con el departamento de policía de Detroit, ya que se trata de una investigación activa.

En otras noticias, una señora encontró un gato atascado en un árbol con tres gatitos nuevos...

"¿Qué demonios?" exclamó Brianna. "¿Por qué no dijeron si estaba muerta o no?" Apagó el televisor y empezó a pasearse de un lado a otro.

"Está muerta. No tenía pulso. Nunca les gusta dar demasiada información, así que el asesino se queda en la oscuridad. ¿Cómo se siente, estar en la oscuridad?"

"Craig, este no es el momento para tus comentarios sarcásticos. ¿Qué pasa si ella sobrevivió de alguna manera? Ahora sabe que estoy viva. Debería haberle disparado a esa pedazo de basura de nuevo. ¡Joder!"

2
PAPÁ ESTÁ AQUÍ

"Chica, ¿por qué tienes la puerta abierta de par en par?" gritó papá al entrar en el apartamento de Dawn. "¡Dios mío, Dawn! ¡Levántate! ¡Levántate! Vamos, nena". Abrió los párpados de Dawn y le tocó la muñeca. "¿Quién te ha hecho esto? Dawn, por favor. Vamos, levántate". Sacudió a Dawn mientras marcaba el 9-1-1.

"Nueve-uno-uno, ¿cuál es su emergencia?", preguntó la operadora.

"Le han disparado a mi hija. No responde. No siento el pulso".

"Cálmese, señor. ¿Está a salvo? ¿Dónde está usted?"

"Apartamentos Parks Place en..." Papá se detuvo a mitad de la frase y miró a Dawn con lástima.

"Alguien cercano avisó de los disparos y la ambulancia ya está en camino. No mueva a la víctima, ¿vale?"

Papá dejó caer el teléfono. "¡Dawn, levántate! Vamos, cariño. Te necesito. Si puedes oírme ahí dentro, quédate conmigo. Todo irá bien. Ya estoy aquí. Papá está aquí ahora. Vamos, Dawn, aguanta". Le habló al cuerpo de Dawn que no respondía mientras las lágrimas llenaban sus ojos.

Los médicos pusieron el cuerpo inerte de Dawn en una camilla. Papá se limpió las lágrimas de los ojos mientras subía a la ambulancia con Dawn. Bombearon el cuerpo de Dawn una y otra vez, pero no pudieron reiniciar su corazón. Papá bajó la cabeza y rezó. Cuando volvió a levantar la cabeza, los paramédicos le dijeron que tenía que retroceder mientras trabajaban en Dawn. "¿Trabajar en Dawn?", su mente se aceleró mientras los pensamientos de Dawn se apoderaban de su cuerpo.

Papá siempre había querido a Dawn. Era la niña que había esperado. A sus ojos, era absolutamente perfecta. Había llegado tarde a su nacimiento, claro, pero le había hecho mucha ilusión tener una versión en miniatura de mamá en sus brazos. Dawn tenía todos los hermosos rasgos de mamá.

Entonces papá pensó en Damien. Pobre Damien. Cuando mamá estaba embarazada, ambos querían una niña. Papá pensaba que las niñas eran únicas porque podían llevar la vida. Quería algo precioso e inocente para amarlo siempre. Quería una versión femenina de mamá para llamarla suya, y Dawn cumplía todas sus expectativas. Damien, sin embargo, no. Damien no sólo fue inesperado, sino que además fue un niño. Papá habría preferido dos niñas gemelas si tuvieran que ser dos bebés. Mientras los paramédicos trabajaban en Dawn, los pensamientos de papá cayeron en un viejo recuerdo de Dawn. Ella tenía cinco años, y esa Navidad, papá les compró a Dawn y a Damien una bicicleta. Sólo le interesaba enseñar a Dawn a montar, pero sabía que se vería obligado a enseñarle a Damien también. Estaban fuera de su casa de Detroit, y Damien pedía aprender primero. A Dawn no le importaba el orden, pero papá se negaba a enseñarle a Damien primero.

Recordó cómo sostenía a Dawn en su bicicleta y caminaba lentamente con ella mientras Damien, tratando de aprender a montar por sí mismo, se caía repetidamente. Papá se enfadó con Damien mientras éste lloraba por haberse hecho daño en su última caída. Papá tuvo que dejar de ayudar a Dawn y llevar a Damien a la casa con su rodilla raspada. Esa fue la parte que papá más recordó: tener que dejar de estar con Dawn para ayudar al indeseado Damien.

El amor de papá por Damien cambió ese día. Sorprendentemente, finalmente comenzó a amarlo. No porque se hiciera daño, sino porque Dawn le quería. Unas horas más tarde, cuando papá salió a buscarlos a ambos para la cena, Dawn sostenía la bicicleta de Damien, y le había enseñado todo lo que papá le había enseñado.

Papá observó cómo Dawn soltaba la bicicleta de Damien y cómo éste montaba solo por primera vez. Dawn cogió inmediatamente su bicicleta, y montaron juntos. Fue entonces cuando papá supo que eran una pareja, y que por mucho que prefiriera a Dawn, Damien siempre estaría ahí esperando para aprender a montar también.

Los pensamientos de papá se interrumpieron cuando la ambulancia se detuvo bruscamente. Miró el cuerpo sin vida de Dawn mientras los paramédicos sacaban la camilla de la ambulancia.

"Tenemos a una mujer afroamericana, de veintitrés años, con dos heridas de bala, una en la cabeza y otra en el pecho", dijo el paramédico al personal del hospital mientras llevaban a Dawn a toda prisa por el pasillo, diciendo su nombre. "La encontró su padre. Su pulso es débil y hemos estado trabajando en ella durante todo el trayecto. Ha perdido mucha sangre, que según su padre es de tipo O".

"Señor, por favor, retroceda", le dijo el médico a papá mientras varios de los camilleros lo sujetaban. "Nosotros nos encargaremos a partir de aquí".

"¡Es mi hija! ¡Mi hija! Quiero ir con ella!"

Una de las enfermeras se detuvo para asegurar a papá mientras el resto del personal llevaba a Dawn a toda prisa por el pasillo. "Lo entiendo, señor. Haremos todo lo posible por salvarla, pero tiene que dejarnos hacer nuestro trabajo. En cuanto sepamos algo, se lo haremos saber".

Papá se sentía perdido y lo único que quería era estar con mamá. Quería abrazarla mientras lloraban por su preciosa niña. Papá se sentó en la sala de espera, sacudiendo la pierna y preguntándose dónde había ido mamá. Pensó en que ella se había ido con otro hombre. No podía entender por qué no podía localizarla. Incluso cuando mamá se había ido de la casa de la tía Sheryl, había venido a ver a papá y nunca se había perdido una visita. Sin embargo, extrañamente, había perdido todo contacto antes del juicio de papá, lo que nunca le pareció bien a él. Mamá había estado tan emocionada por el nuevo juicio que no podía creerlo cuando no se presentó a una sola comparecencia.

Papá estaba agotado de tanto llorar y esperar. Nadie le había dicho nada sobre el estado de Dawn, y cada vez que preguntaba, le decían que tuviera paciencia. Papá se dirigió a la máquina expendedora, introdujo dos dólares arrugados y eligió una botella de agua. Cuando se atascó al bajar, Papa empezó a dar puñetazos y a sacudir la máquina sin control. Gritó y chilló mientras el personal de seguridad le hacía retroceder.

Volvió a sentarse y esperó a que los detectives vinieran a hacerle las mismas preguntas que le habían hecho los anteriores.

Una hora después, el médico se reunió con papá en la sala de espera.

"Señor Scott. Soy el Dr. Smidget. Me gustaría que nos reuniéramos en mejores términos. Hemos podido traer a Dawn de vuelta, pero está en estado de coma. Tiene un pulso débil, y las máquinas la mantienen viva en este momento".

Se puso en pie de un salto. "Dios mío, gracias por traerla de vuelta. Es mi bebé. Es mi niña".

"No le voy a mentir. No sabemos si Dawn lo

logrará. Ella ha pasado por mucho. No hace mucho, salió de un coma causado por otro incidente. Pero tenemos la esperanza de que se recupere".

"Nunca voy a casa de Dawn tan tarde, pero desde que su madre desapareció me preocupo mucho. Cuando intenté llamar a Dawn, no respondió, y ella siempre me contestaba. Me alegro de haber ido. Sé que es mucho para contarle, doctor. Lo siento. Estoy en las nubes. Gracias por salvar a mi bebé y sé que despertará. Gracias". Papá alargó la mano para coger la del doctor.

"Está bien, Sr. Scott. No me dé las gracias todavía. Agradézcame cuando Dawn vuelva a respirar por sí misma. Es una chica preciosa, y todos rezamos para que se recupere. Puede verla durante cinco minutos, y luego tenemos que dejarla descansar".

Papá entró en la fría y blanca habitación de Dawn en la unidad de cuidados intensivos. Agarró la mano de Dawn, que era pequeña y frágil comparada con la suya, que era varonil. Admiró su fresca manicura y notó cómo sus manos favorecían a las de mamá. Tenía la cabeza vendada y la cara hinchada y cansada. No parecía fuerte, apenas parecía estar dentro de su propio cuerpo. Papá no podía sentir su presencia, y se sentía como si estuviera mirando a Dawn en un ataúd. Ella había perdido la vida, y eso le rompía el corazón. Sabía que el médico había salvado a una niña muerta. Sabía que Dawn nunca volvería a ser la misma, y era una píldora difícil de tragar. Era demasiado doloroso ver a Dawn de esa manera. Lo menos que podía hacer era averiguar quién le había hecho esto. Averiguar quién intentó quitarle la vida a una vida que él había creado.

El teléfono de papá sonó cuando se levantó para salir de la habitación de Dawn. El número estaba bloqueado.

"¡Hola!" Papá contestó.

"¿Está viva?" La voz sonaba robótica, como si estuviera deliberadamente distorsionada para ocultar la identidad del interlocutor.

"¿Quién es?"

"Primero dime si está viva".

"¡No voy a jugar a estos juegos con usted, sea quien sea!"

"¡Su hija es una maníaca, una asesina en serie, y su hijo es un sádico enfermo!"

Papá sintió que su cara se ponía roja de rabia. "Mi hija está luchando por su vida, ¿y tú tienes los cojones de llamarme y amenazarme? Tomaré mis manos desnudas y te retorceré el puto cuello".

"No harás nada Jerome. Eres un estúpido y ni siquiera conoces a tus propios hijos. ¿Me retorcerás el cuello como hizo Dawn? ¿Aprendió ella de ti cómo retorcer el cuello de la gente?"

"¿Qué? Dawn no haría daño a nadie. ¿Quién eres tú?" Respirando profundamente, papá se calmó. Cuanto más se enfadara, menos información obtendría, y necesitaba saber quién había intentado matar a Dawn.

"Estás alucinando. Dawn es una asesina. ¿Has tenido alguna pesadilla últimamente? ¿Te has preguntado alguna vez por qué han dejado de serlo?"

"¡Vete a la mierda!" gritó papá, perdiendo de nuevo la paciencia. Sus pesadillas eran un tema delicado, y sólo se lo había contado a su hermano Robby y a mamá. Robby estaba mentalmente ido, y mamá no querría a Dawn muerta, así que ¿cómo sabía esta persona sobre sus pesadillas?

"Apuesto a que pareces confundido ahora mismo. No lo estés. Te lo aclararé todo, muy pronto".

Un silencio incómodo se apoderó del teléfono.

"¿Sigues ahí? Te encontraré!", gritó.

"Llevo años perdida, y si alguien me encuentra, no serás tú. Sin embargo, podrías hacerle un favor al mundo y acabar con Dawn. Tú creaste ese monstruo, ¡así que deberías acabar con ella!"

"¿De qué demonios estás hablando? Dawn no es un monstruo. ¿Hola? ¿Hola?"

Sin previo aviso, la línea se había desconectado.

3
LA CÁRCEL

Abrí lentamente los ojos, olí el repugnante olor de las heces y la orina de las ratas, y gemí al darme cuenta de que estaba exactamente donde temía estar: atrapado en una caja con cuatro paredes blancas.

Todas las mañanas, como un reloj, me despertaba con los gritos de los guardias y sus insultos. No había oído nada del mundo exterior, otro recordatorio de lo solo que estaba.

Tras ser detenido tres días antes, los guardias me proporcionaron una llamada telefónica. Lamentablemente, no tenía a nadie a quien llamar. Quería llamar a Craig, pero me molestaba que no hubiera dejado el dinero que había prometido. No habría acabado en la cárcel si no hubiera tenido que buscar el dinero en casa de Dawn por todas partes. Gracias a Craig, me encontré con las esposas del detective Ross.

Me preocupaba constantemente que alguien viera mi debilidad. Durante años había ocultado mi sexualidad para evitar la condena de mi familia, y aun así, tenía que esconderme. Pensaba que si todo el mundo sabía que era gay, me sentiría como una libertad. Imaginé que la libertad se sentiría como vivir sin juicios. Pensé que el individualismo me permitiría vivir mi vida a MI MANERA. Quería cortar la cuerda imaginaria que creía que la sociedad había colgado de mi cuello con sus expectativas. Siempre fue mi vida, no la de ellos. Mi sexualidad siempre fue una elección, pero no en la cárcel. En la cárcel tenía que ser inteligente, lo que significaba que tenía que seguir fingiendo.

Aunque me atraían los hombres, no tenía intención de convertirme en la perra de alguien o de ser violado por una banda. Así que después de toda la mierda que había hecho para ocultar que era gay, seguía encarcelado y tenía que seguir fingiendo que me gustaban las mujeres. Los otros reclusos eran violentos carroñeros que querían sangre o el culo de alguien. No estaba dispuesto a renunciar a ninguna de las dos cosas. Nadie me conocía y no representaba a ningún barrio o banda. Mi plan era quedarme callado, pero sabía que eso no funcionaría siempre. El hecho de que papá me castigara con un ojo morado que no se había curado del todo no ayudaba mucho a mi imagen en la cárcel.

Los reclusos llevaban uniformes totalmente blancos. Era ridículo. ¿Por qué nos hacían vestir de blanco? ¿Se suponía que éramos un grupo de niños del coro? Podías distinguir a los presos que llevaban más tiempo arrestados, por el color sucio de sus trajes de presidiario.

Sólo me dieron un cepillo de dientes, una manta fina y un trozo de algodón que llamaban colchón. Mi única barra de jabón era ya demasiado fina para cubrir bien el trapo que utilizaba para ducharme. Si no podía lavarme, me moriría. La idea de quedarme sin pasta de dientes me daba demasiado miedo. Todo el mundo sabía que era un maniático del orden. Me encantaba oler bien y lavarme los dientes. Me dijeron que podía pedir en la tienda, pero no tenía dinero en mis libros. Mírame, ya sabiendo esta forma de hablar de la cárcel.

"¡Abran el bloque C seis!", gritó un funcionario de prisiones llamado David. Me miró y sonrió como si supiera algo que yo no sabía. "Bien, pequeñas mierdas. Es hora de levantarse".

David era un fraude. Me di cuenta de que era el tipo de chico al que acosaban cuando era más joven, así que decidió echarle cojones y conseguir un trabajo para acosar a otras personas. Qué mundo tan jodido vivimos.

Me puse en el lado malo de David el primer día que me ficharon. Me negué a hablar con él e ignoré sus preguntas durante el proceso de admisión. Estaba furioso el día que me arrestaron, y el silencio era mi amigo. Sin embargo, no fue una buena idea ignorar a David, como me di cuenta más tarde cuando empezó a ponerme las cosas muy difíciles.

David me puso en una celda con un joven llamado

Joe el Loco. Nunca me dijo su verdadero nombre, pero sí que era un perturbado mental. Joe el Loco era un tipo bajo y fornido. Sólo medía un metro y medio y llevaba dos viejas trenzas encrespadas que parecían haber estado en su pelo desde siempre. Joe el Loco se paseaba de forma molesta por la celda todo el día. Nunca se sentaba. Hablaba en voz alta sobre cómo iba a matar a "esos hijos de puta", fueran quienes fueran. Gritaba y hablaba toda la noche.

Como si no fuera suficiente compartir una celda con Joe el Loco, también tenía que evitar salir a la población general por miedo a que me descubrieran. Me preocupaba matar a alguien y no salir nunca, o quizás ser violado. Francamente, estaba aterrorizado cada segundo que pasaba en ese agujero infernal.

El loco Joe estaba empezando a volverme loco. Era el momento de salir de la celda. Sólo se nos permitía salir de la celda durante dos horas cada día. Cuando llegué de desayunar, me decidí a salir por fin de ella.

Me habían arrestado por el asesinato del Sr. Ralph y la desaparición de Brianna. No había forma de que saliera pronto, así que era hora de dejar de esconderme.

Mi compañero de celda cagaba cada mañana después del desayuno. Era la parte más degradante de estar en la cárcel. ¿Quién quiere realmente oler las heces de alguien? Especialmente alguien que nunca se calla.

"Heeey, ¿qué demonios?" preguntó Joe el Loco. "¿Tu culo asustado saliendo de la celda?"

"Sí, voy al patio de recreación", respondí mientras me cepillaba los dientes.

"¡Diablos, no! ¡Me tienes jodido! Si te vas, ellos se van. ¿Me entiendes?" Sus palabras fueron puntuadas por los golpes de agua mientras su mierda salpicaba en el inodoro.

"¿Quién se va?" pregunté con un tono confuso. Tenía curiosidad por saber si eso era algún tipo de argot que debía conocer.

"¡Los hijos de puta! Ves, ¡tienes la mierda jodida! Este no es tu mundo. La mierda que sube debe bajar, a menos que la mierda salga. ¿Me entiendes?" Se tiró un pedo y agarró un puñado de papel higiénico.

"No, no te entiendo", dije mientras buscaba mi libro para poder darme prisa y salir de la celda maloliente.

"¿No te sale la mierda por el culo? ¿O te crees demasiado bueno? He olido tu apestoso culo. Siempre intentas aguantar hasta que crees que estoy dormido. Todavía estoy oliendo tu apestoso culo". Su voz se elevó a un tono cantarín. "El culo de Damien apesta, el culo de Damien apesta, igual que el mío, igual que el mío".

"¿Has visto mi libro?" pregunté, haciendo caso omiso de sus insultos mientras me tapaba la nariz. Ya era bastante humillante usar el baño cuando alguien más estaba en mi espacio. Definitivamente no quería discutir sobre los movimientos intestinales con un loco.

"Sí, lo he visto. Me comí a ese hijo de puta". Joe el Loco se rió incontroladamente antes de empezar a despotricar sobre cómo vivíamos en un planeta extraño. Opté por salir de la celda sin el maldito libro porque no merecía la pena ni la conversación ni el olor.

Sin embargo, antes de salir, miré a mi izquierda y luego a mi derecha. Mi corazón latía con ansiedad mientras escuchaba a la gente hablar en la cárcel. Era una combinación ruidosa de múltiples conversaciones. No tenía ni idea de adónde ir. A la izquierda estaba el grupo de los *cabeza rapada*, pero a la derecha estaban los negros y los mexicanos. Algunos de los negros eran musulmanes y otros estaban en pandillas con tatuajes en el cuello. Había un grupo de sujetos mayores jugando a las cartas, pero incluso ellos parecían ser una cuadrilla.

Caminé hacia la derecha. Estaba bastante seguro de que no tenía un lugar a la izquierda con los supremacistas blancos. Cada paso que daba era pesado. Sentía como si tuviera tres kilos de arena en mis zapatos. La prisión estaba helada, pero tenía que actuar como si nada. No podía andar temblando como una perra. También tenía que acordarme de caminar con fuerza. Sabía hacerlo bien por todos los años de fingir mi masculinidad.

"¡Mira quién ha salido por fin de la celda!" David, el oficial correccional, gritó lo suficientemente alto como para que todos lo oyeran. De repente, todas las miradas estaban puestas en mí. Recordaba cuando era más joven y ansiaba llamar la atención, pisando fuerte en el aula para que todos me vieran, y ahora no deseaba menos.

Ignoré a David y a los demás compañeros, que se reían junto a él. El problema era que no sabía por dónde andar. ¿Con quién sentarme? Decidí acercarme a los viejos jefes. Me recordaban a los viejos del barrio de mi infancia que jugaban a la lotería y hablaban mal de política.

"Esta mesa está cerrada, jovencito. Sólo tenemos dos barajas y nuestras partidas están llenas". El hombre mayor dijo, sin levantar la vista de las cartas en sus manos.

"Genial, gracias", respondí torpemente.

"¿Genial? ¿De dónde eres?", preguntó un tipo llamado Big Mike, que se sentó en la mesa en vez de en la silla. Llamarlo "Big Mike" era un eufemismo: el tipo era enorme.

"Soy de los alrededores", respondí casualmente.

"Oh", dijo Big Mike. "Ser de los alrededores no es ningún lugar aquí arriba. Así que tal vez quieras volver a tu celda".

"No, estoy bien", respondí mientras recorría la habitación en busca de mi próximo destino.

"Eso no fue una petición. ¿Me entiendes? Soy Big Mike, así que ahora lo sabes. Yo dirijo la mierda de aquí. Así que hasta que no averigües de dónde eres, no tienes a dónde ir".

Todo el mundo me miraba para ver qué hacía. Sabía que si volvía a la celda, nunca me respetarían ni podría volver a salir.

"¿Qué pasa, Big Mike?", le saludé como si nos acabáramos de conocer. "Entiendo que no era una petición tuya, pero no te lo estaba pidiendo". Mi corazón latía tan fuerte que me sorprendió que el suelo no temblara.

Big Mike sonrió al tipo que estaba a su lado. "A los nuevos tontos siempre les gusta aprender con el ejemplo, ¿verdad?"

Había empezado a alejarme cuando de repente sentí un doloroso pinchazo cuando una silla se estrelló contra mí por detrás, tirándome al suelo. Me levanté rápidamente y puse las manos en posición de lucha. Me abalancé sobre Big Mike, pero fallé. Oí el viento que venía antes de su golpe, y me agaché justo a tiempo. Rápidamente lancé otro golpe, y esta vez le di.

Entonces uno de sus chicos me golpeó a mí. Los reclusos nos rodearon, y lo único que pude oír fue el alboroto. Entonces algo en mí se rompió. Me di cuenta de quién era yo. Yo no era alguien para ser jodido. Yo era Damien. De repente, la cara de Dawn apareció en mi cabeza. Canalicé la misma ira que me había hecho arrojarla por una montaña, y me cuadré.

Fuimos golpe a golpe. Luché contra los tres hombres, y no sé de dónde saqué la fuerza para mantenerme en pie tanto tiempo como lo hice. Alguien me golpeó en la cabeza con algo, y finalmente caí al suelo. Sabía que el fondo era el peor lugar para estar en una pelea, pero no pude levantarme lo suficientemente rápido.

Mientras mis atacantes me pisoteaban, me hice un ovillo en posición fetal. La voz de mamá apareció en mi cabeza, cortando el caos del dolor. Ya había oído su voz antes cuando me encontraba en situaciones difíciles, pero esta vez parecía tan lejana.

"¡Será mejor que levantes el culo!", gritó en mi

mente.

Mordí uno de los tobillos del tipo con tanta fuerza que un trozo de sangre y piel se liberó en mi boca. Gritó como un lobo nocturno.

Tiré a uno de los otros tipos al suelo conmigo, y rodamos durante un segundo antes de que se quedara sin energía. Finalmente, sólo quedamos Big Mike y yo. Cuando los otros dos trataron de atacarme de nuevo, el público los contuvo. Big Mike y yo fuimos golpe a golpe; justo cuando no me quedaba ni un gramo de energía, los guardias nos golpearon a Big Mike y a mí con las porras. Ambos caímos al suelo boca abajo con los brazos en posición de rendición. Big Mike ganó la pelea, pero yo me gané el respeto suficiente para volver a salir de la celda, que era precisamente lo que pensaba hacer.

No pasó mucho tiempo antes de que me llevaran a rastras a la unidad médica. Al parecer, Big Mike me había azotado más de lo que pensaba. Me vendaron la cabeza, me dieron dos Motrins y me enviaron de vuelta a la celda.

Mientras caminaba por la grada con los funcionarios de prisiones, algunos presos me saludaron con la cabeza y yo les devolví el saludo. Ahora sentía que tenía un lugar donde sentarme. Aquella pelea me infundió respeto. En cuanto entré en la celda, el Loco Joe tenía mucho que decir. Estuve a dos segundos de darle un puñetazo en la garganta, pero sabía que mi cuerpo estaba demasiado débil para otra pelea en el mismo día, así que le dejé hablar de mala gana mientras se paseaba por la celda.

"Te dije que si te ibas, ellos se iban. Pero no quisiste escuchar".

"¿Qué coño significa eso, Joe?" pregunté.

"¡Oye, oye, oye! No vuelvas aquí como si fueras Mike Tyson, o algo así. Seguiré pateando tu aterrador trasero. Como te dije, ¡lo que sube debe bajar!"

"Está bien, Joe."

"No, no está bien, y no es Joe. ¡Es el Loco Joe! Es la sexta vez hoy que me llamas Joe. Ese no es mi nombre!"

Decidí seguirle la corriente sólo para que se callara. "Mira, sólo estoy cansado. Mi culpa, Loco Joe".

El Loco Joe comenzó a orinar mientras hablaba. No era muy preciso con su puntería.

"Sé que estás cansado, porque el gran hombre te azotó el trasero. Cuando vuelvan, no creas que te voy a ayudar. Te dije que cuando te vas, ellos se van. Pero, ¿has escuchado? No. Querías ser curioso y tonto, como los otros novatos".

"¿Qué quieres decir con que cuando vuelvan?"

"¿Estás escuchando, Dum-Dum? A veces hablar contigo es como hablar con una pared de ladrillos. Sí, ¡van a volver! ¿Crees que sólo hay que luchar una vez en la cárcel? Además, ¿cómo crees que llegamos a este planeta extranjero en primer lugar? ¿No crees que van a venir?". Su cara estaba muy seria, como si creyera cada palabra que estaba diciendo.

"No lo sé, Joe, Loco Joe, quiero decir".

Hablar con él era cada vez más agotador. Salté a la litera de arriba, lo que confirmó lo dolorido que estaba mi cuerpo. Pensé en que "ellos" volverían, pero el Loco Joe estaba en todo su sitio y normalmente no tenía sentido. Tendría que lidiar con eso cuando sucediera.

Sólo podía pensar en mamá. Sabía que me odiaría si se enteraba de lo que le había hecho a Dawn.

Justo cuando me dormí, nos llamaron para la cena de las tres. Me debatí entre ir a cenar en mi estado y arriesgarme a otra paliza.

Al final, decidí que tenía demasiada hambre como para no ir. Intenté no cojear mientras caminaba hacia la cafetería, pero era evidente que no me sentía al cien por cien. Además, todo el mundo vio lo que me pasó, así que ¿a quién quería engañar?

Cogí mi bandeja y me senté. Para mi sorpresa, pude comer en paz. Escuché algunos comentarios deslenguados, pero nada que no pudiera bloquear. Algunos chicos parecían tenerme más respeto, mientras que otros se reían de mí. Sentí que alguien seguía mirando en mi dirección mientras comía. Al final le pillé mirando y establecí contacto visual, y nos quedamos mirando un momento antes de que bajara la mirada. Me resultaba muy familiar, pero no podía precisar por qué.

"Oye, ¿conoces a ese tipo?" le pregunté a Matt. Era otro tipo nuevo que se sentaba frente a mí, cumpliendo condena por posesión y distribución de drogas. Matt era un tipo blanco, alto y delgado, que tenía manchas rojas por toda la cara. Nos habían fichado el mismo día. Era la única persona con la que hablaba además del Loco Joe.

"No, no le conozco, pero he oído a algunos tipos hablar de por qué estaba aquí", susurró Matt.

"¿Por qué está aquí?" Pregunté mientras daba un mordisco a mi panecillo.

Matt frunció el ceño como si estuviera hablando demasiado alto.

Bajé la voz a un susurro. "Culpa mía. Es que me resulta familiar".

"Pornografía infantil" es lo que he oído. No iba a preguntar qué te pasó, pero ¿estás bien?"

"Sí, estoy bien. Sólo decidí dejar mi celda. El loco Joe me dijo: 'Lo que sube tiene que bajar', sea lo que sea que signifique eso". Me reí.

"Damien, eres un tonto. Mierda, no intento parecerme a ti. Supongo que entonces será mejor que mantenga mi culo en mi celda". Él también se rió.

"¿Así que fue arrestado por meterse con niños? Sé que lo he visto antes".

Comí una cucharada de puré de patatas frío e insípido. Cada vez que las comía, echaba de menos la cocina de mamá porque hacía el mejor puré de patatas con mantequilla de la historia.

"Sí, eso es lo que he oído. Pequeños niños, dijeron. Planean meterlo en las duchas más tarde. Oigo cosas, pero me callo, ya sabes. Amigo, esta mierda de la cárcel es dura. He estado enfermo por consumir droga. No te dan una mierda para sentirte mejor, ni siquiera un Motrin. Sólo he estado enfermo. Amigo, cuando salga, dejaré esa mierda de la droga".

"Sí, espero que lo hagas. Mierda, no puedo ni pensar en salir. Con mis cargos, estaré aquí para siempre". Mi cabeza se hundió instintivamente, pero luego recordé dónde estaba y me enderezó de nuevo. No podía permitirme mostrar debilidad, ni siquiera en la forma en que sostenía mi cabeza.

Mientras hablaba con Matt, recordé de repente quién era el hombre. Era el director de mi escuela secundaria, el Sr. Lewis. No podía creer que lo hubieran arrestado por meterse con niños pequeños. No me extraña que le gustara tenernos detenidos cuando yo estaba en el colegio. Mientras pensaba en ello, me di cuenta de que nunca había visto a una chica en detención con nosotros los chicos.

El Sr. Lewis parecía tan diferente ahora. Era mucho más oscuro y gordo. Su nariz seguía cubriendo toda su cara, pero era difícil reconocerlo, especialmente después de tantos años. Sin embargo, aparentemente no le costó reconocerme. Si se había metido con los niños, tendría su merecido.

La cena había terminado, así que me levanté para tirar mi bandeja en la papelera. Vi a Big Mike y a otros dos tipos caminando hacia mí. Me preparé para luchar de nuevo, pero David, el oficial del correccional, dijo mi nombre para ver a la consejera antes de que pudieran alcanzarme. Me pregunté por qué tenía que volver a ver a la consejera tan pronto. Quizá tenía que hablar con ella por la pelea. En cualquier caso, me sentí aliviado de que David viniera a buscarme antes que Big Mike.

"Hola, Damien. ¿Cómo te estás adaptando?" Emma, la consejera de la prisión, llevaba una falda lápiz y una blusa blanca. Era sosa y pálida, casi como una mujer blanca, nada especial. Su rostro era delgado, mediocre, poco impresionante; un rostro que olvidaría rápidamente en la calle.

"Estoy bien. He estado mejor".

Revisó su cuaderno de notas. "Bueno, he oído que hoy te has metido en una pelea. ¿Te sientes amenazado, o como si tu vida estuviera en peligro?"

Miré a David, que estaba de guardia en la puerta con los brazos cruzados. "No, estoy bien".

"Oficial David, puede dejarnos. Me siento seguro. Le avisaré si necesito algo".

"Emma, con todo respeto. No creo que debas estar a solas con este preso, basándome en sus cargos".

"Lo tengo. Puedo arreglármelas yo sola, y tú estarás justo al lado de la puerta. Además, Damien parece bastante herido; creo que puedo con él", bromeó.

"Muy bien, es tu decisión. Estaré en la puerta". David me miró fijamente. "No intentes nada estúpido".

Emma esperó hasta que David cerró la puerta. Entonces se inclinó hacia mí y habló en voz baja.

"Ahora que estamos solos, tengo un mensaje para ti. Podría perder mi trabajo por esto, así que espero que mantengas la confidencialidad. Mi cuñado me pidió un favor, así que confío en que este mensaje sea vital para uno de sus pacientes".

"¿Un mensaje? ¿De quién?"

"Dijo -no puedo darle su nombre- que encontraron a Dawn en las montañas medio muerta, pero que está viva y está mejor. Se golpeó muy fuerte la cabeza y ahora tiene amnesia. Ni siquiera recuerda su nombre. No ha podido dar ningún otro diagnóstico médico debido a la HIPAA, pero quiere que la llamen o vengan a verla. El médico cree que la ayudará a recuperar la memoria".

"¿De verdad? Eso es genial. ¿Estás seguro de que es Dawn? ¿Realmente tiene amnesia?"

Emma levantó las cejas. "No pareces escandalizado. Si mi hermana se cayera de una montaña, me horrorizaría. ¿Sabías de su accidente?"

"No, no lo sabía. Sólo he dicho que es estupendo que Dawn esté bien. ¿Quién sobrevive a una caída de montaña?". Sacudí la cabeza, como si me maravillara. "¿Así que dijiste que el accidente hizo que se olvidara de todo?"

Emma me estudió con suspicacia durante unos instantes antes de responder. "Sí, dijo que es uno de los peores casos de amnesia que ha tratado. Bueno, aquí está el número de Dawn. Tendrá que memorizarlo: 555-512-5577. Es todo lo que sé, y nunca hemos tenido esta charla". Giró su silla hacia la puerta principal. "¡Oficial, hemos terminado aquí!"

Pude ver en su cara que no le había gustado mi respuesta a la noticia. También me decepcionó mi reacción.

Mientras volvía a mi celda, no podía creer lo que acababa de escuchar. Me sentí aliviado de no haber matado a Dawn. Al instante me sentí mejor. La amaba y quería que estuviera aquí conmigo para siempre. Habíamos nacido juntos en este mundo, y debíamos irnos juntos. Por primera vez desde que me arrestaron, me sentí bien.

Antes de llegar a mi celda, llamé la atención de Matt y me miró con cara de "cuidado". Podía sentir que se avecinaba el drama, pero esta vez estaba preparado.

Al día siguiente, durante la fila del desayuno, el Sr. Lewis se colocó detrás de mí. No lo quería cerca de mí porque ya tenía suficientes problemas. Además, despreciaba a los pedófilos. Ni siquiera me había gustado de niño, y quería que supiera que nada había cambiado.

"Vaya, cómo has crecido", susurró por detrás de mí. "¿Te acuerdas de mí, Damien?"

"Sí, me acuerdo de ti. Lástima que ya no sea un niño, ¿eh? Supongo que no soy tu tipo".

"Damien, necesito tu ayuda aquí. Están planeando matarme. Sé que no soy perfecto, pero no he herido físicamente a esos niños. ¿Me ayudarás?"

"¡Diablos, no! Si estuviste follando con niños, te mereces lo que te pase".

El Sr. Lewis se acercó. "Bueno, supongo que tendré que decirle a todo el mundo quién eres.

Tendré que decirle a todo el mundo que eres dulce".

"No hay nada dulce en mí. Realmente has perdido la cabeza, viejo".

"Sí, lo estás. Siempre supe que lo eras. Por eso me encantaba tenerte en detención. Un gay siempre se nota. Lo ocultaste bien, pero no lo suficiente como para engañarme".

"Estás alucinando. No te voy a ayudar, y espero que te metan un palo de escoba por el culo".

"Bueno, después de que le diga a todo el mundo que eres gay, quizás nos metan un palo de escoba por el culo a los dos". Se rió mientras se alejaba.

Cogí mi bandeja y me senté, con la mente acelerada por la idea de estar expuesto. Había perdido completamente el apetito, y no sabía qué hacer para manejar al señor Lewis. El descaro de ese maldito pedófilo para intentar chantajearme. Preferiría morir antes que ayudar a ese enfermo pervertido.

Matt interrumpió bruscamente mis pensamientos. "Oye, no digas que te lo he dicho, pero están planeando apuñalarte en la ducha esta noche. No sé si es verdad, pero ten cuidado".

"Gracias por el aviso. Supongo que mis pelotas estarán sucias durante unos días". Matt no se rió esta vez. Sinceramente, a mí tampoco me hizo gracia. No tenía miedo de morir, pero no quería morir sin volver a ver a mamá. También quería arreglar las cosas con

Dawn y ver si realmente tenía amnesia. Mi hora de llamada era por la mañana, así que pensaba llamarla entonces. Había memorizado su número en cuanto Emma me lo dio.

Mientras tanto, al menos podía disfrutar del tiempo fuera de mi celda hasta que Big Mike y su equipo decidieran matarme. Después de desayunar, cogí mi libro -lo encontré escondido bajo el colchón de el Loco Joe- y me dirigí hacia fuera mientras se abrían las puertas de la celda. "¿Adónde crees que vas?" Preguntó el Loco Joe. "¿No has aprendido la lección a la primera?"

"Supongo que no. No necesito escuchar tu discurso hoy. Ya sé que cuando me voy, ellos se van".

"¡Y lo que sube baja también, hijo de puta!" Dijo el Loco Joe mientras salía. "No traigas esa mierda a mi casa. Yo viví aquí primero y no tengo gente dejando mierda en mi puerta para que la limpie!"

Sorprendentemente, no hubo complicaciones en el patio de recreación. Incluso hablé con algunas personas. Hice contacto visual con el Sr. Lewis, que se asomaba a su celda. Decidí atraparlo antes de que él me atrapara a mí. Siempre me las cobro, y el mayor error de una persona es contarme sus planes. Me levanté y me estiré antes de caminar hacia mi celda.

Junté las manos y grité para que toda la prisión me oyera. "Sólo quería que todos supieran que Lewis es un pedófilo y que solía molestar a los niños de mi escuela secundaria. Este enfermo pervertido fue mi director y siempre le gustaron los niños. Así que lo que dicen de él es cierto".

"¡Ya basta!" David gritó. "¡Vuelve a tu celda!"

Me sentí satisfecho mientras estaba acostado en mi celda. Tenía varias razones para ser optimista. En primer lugar, ahora estaba a salvo del Sr. Lewis; si decía algo malo de mí, sólo parecería que estaba tratando de vengarse. Segundo, Dawn estaba viva. Tercero, los reclusos por fin me hablaban, y yo empezaba a encontrar mi lugar en este nuevo mundo. Y cuarto, había sobrevivido a otra noche en la cárcel, lo que nunca era una garantía.

Sí, las cosas empezaban a ir como yo quería. Me puse de lado y pronto me dormí. Sin embargo, la voz de David no tardó en despertarme.

"Abran la celda 101. ¡Levántate! Venga, vámonos".

"¿A dónde voy?" pregunté, hablando en voz alta para que me oyeran los demás presos. No me fiaba de David ni de ningún otro funcionario de prisiones. Pensé en todas las películas que había visto en las que los guardias te llevan a un cuarto oscuro en un sótano para darte una paliza o dejarte para que te violen en grupo. No me iba a ir sin luchar.

"¡Coge tus cosas! Vas a ir a la pre-libertad. Tu fianza fue pagada".

"No, no te creo. Nadie pagó mi fianza".

"De acuerdo, idiota. Si quieres sentarte en la cárcel cuando no tienes que hacerlo, entonces informaré al juez que rechazaste la fianza".

"Si me pasa algo, por favor dile a todo el mundo que me fui con David", le susurré al Loco Joe. "¡Puedes quedarte con todas mis cosas!" Bajé de un salto de la litera superior y salí de la celda con las manos vacías.

Joe el Loco gruñó. "¿Puedo quedarme con qué cosas? ¿Esta mierda del Estado? ¡No tienes nada! Sí, te veré pronto. ¡Volverás! Los de tu tipo siempre vuelven". Acolchó su almohada plana y se dio la vuelta, sin inmutarse.

4

LIBERTAD

Cogí la pequeña bolsa marrón que contenía mis pertenencias y salí de la cárcel tan rápido como mis pies pudieron llevarme. Caminé seis manzanas antes de llegar a una parada de autobús, donde esperé durante una hora.

Me sentí abandonado, sentado solo en el frío. No tenía a nadie a quien llamar para que me recogiera de la cárcel. Intenté llamar a Dawn, pero su teléfono sólo sonaba. Al menos estaba libre.

Me subí al autobús, pero no tenía a dónde ir. No tenía una dirección, ni el sofá de mi padre para dormir, ni una madre a la que llamar, ni una hermana en la que confiar.

No estaba cien por cien convencido de que Dawn tuviera amnesia. Simplemente no me parecía bien. En realidad, las cosas con Dawn no me gustaban desde hacía tiempo. Había empezado a notar lo feliz que era cuando no estaba cerca de ella. Pero Dawn nunca me había hecho nada; era lo más parecido a una persona perfecta. No podía entender por qué hacía cosas malas cuando ella estaba cerca. Había querido que Craig consiguiera algo sobre ella, algo que pudiera explicar las cosas raras que sucedían en su presencia. En cambio, se había enamorado de ella y la había dejado embarazada.

El autobús apestaba, igual que mi vida. No estaba seguro de por qué me seguía despertando. ¿Para qué? Miré por la polvorienta ventanilla del autobús y observé a la gente que subía y bajaba por la calle. Algunos llevaban bolsas de mercado, otros parecían matones y otros eran trabajadores de aspecto normal. El autobús paraba en cada esquina, lo que me molestaba, pero no tenía prisa. Ni siquiera sabía a dónde iba. Sólo tenía los míseros 300 dólares que me habían dado en casa de Dawn, y eso no pagaría muchas noches de hotel. Me pregunté si mi coche seguiría aparcado en su casa. Busqué en la bolsa marrón que contenía mis pertenencias y encontré las llaves de mi coche. Decidí coger el autobús hasta casa de Dawn, para buscarlo.

Seguí mirando por la ventana mientras me sumía en mis pensamientos. Fue como si el autobús redujera la velocidad a la mitad, y de repente allí estaba ella: Mamá, de pie en medio de la multitud. La vi entre la multitud.

Toqué continuamente el timbre del autobús para bajarme en la siguiente parada, con el corazón palpitando de emoción. No podía creerlo. Sólo quería abrazar a mamá, olerla y decirle que la quería. Echaba de menos su olor. Tenía un olor muy peculiar.

Me bajé del autobús e inmediatamente corrí hacia la parada anterior, tan rápido como mis piernas podían moverse. No quería perderla de nuevo. Esquivé a la gente de fuera e incluso choqué con algunas personas. Finalmente, vi la parte posterior de su cabeza. Al instante sentí que todo iba a estar bien. Mamá haría que todo fuera mejor.

Me acerqué cada vez más, pero mamá caminaba más rápido. Me pregunté si me habría visto. ¿Quería perderse? ¿Ya no quería tener una relación con ninguno de nosotros? Nos había dejado con Sheryl. Tal vez no quería que la encontraran.

"¡Mamá, mamá!" Grité a través de la multitud, pero ella no se volvió. Me abrí paso entre las últimas personas y le toqué el brazo. Se dio la vuelta. No era mamá, sino una mujer con la misma complexión que mamá y con el mismo peinado que ella.

"¡Quita tus sucias manos de encima!", gritó, apartándose. "¿Has perdido la cabeza?"

"Lo siento. Lo siento mucho. Pensé que eras mi madre".

"¿No sabes cómo es tu propia madre? ¡Agárrarme de esa manera! ¡Ni siquiera te conozco!"

"Al parecer, ya no sé cómo es mi madre", murmuré mientras me alejaba. La mujer siguió quejándose a quien quisiera escucharla.

Un gran peso parecía posarse sobre mis hombros. Papá siempre decía que un hombre no debía llorar ni agachar la cabeza, que era una debilidad para él mostrar sus emociones. Sin embargo, por mucho que intentara encogerme de hombros, no podía deshacerme de esa terrible pesadez.

Había una persona que podía consolarme cuando me sentía así, y ya era hora de que hiciera la llamada. Por suerte para mí, mi teléfono se había apagado cuando me arrestaron, conservando la batería. Sólo tenía un 10% cuando lo encendí, pero era suficiente para una llamada.

"¡Hola!" Craig contestó bruscamente, ya de mal humor. "¿Quién es?"

"Hola, Craig. ¿Quién te ha mordido en el culo?"

"¿Damien?"

"¿Qué otro hombre tienes llamando a tu teléfono? ¿O ya te has ido con otro?"

"Dios mío, Damien. ¿Estás bien? Pensé que estabas en la cárcel. Siento mucho lo de..." Se interrumpió.

"Sí, alguien pagó mi fianza. Pensé que eras tú, pero por el tono de tu voz, supongo que no fue así". Fruncí el ceño, sin saber qué hacer con esto. "De todos modos, ¿de qué te arrepientes?"

"¿Ya has visto a Dawn?"

"¿Es ese Damien?" Oí una voz femenina susurrar.

"No, aún no he visto a Dawn", respondí. "¿Por qué? Sabes que no soy su persona favorita después de que nos pillara teniendo sexo".

Me llevé el teléfono a la oreja mientras cruzaba la calle. "¿Quién era la que preguntaba por mí?"

"No era nadie: una de mis colegas con la que hablo siempre de ti". Dudó. "Tengo malas noticias".

"No puedo soportar más malas noticias. Creía que esa señora era mamá y no lo era, y me tiene jodido. Por no hablar de que acabo de salir de la cárcel hace unas horas. Me da miedo ir al apartamento de Dawn a recoger mi coche. Odiaría encontrarme con ella en el garaje o algo así".

"¡No! ¡No vayas a casa de Dawn!"

El tono urgente de Craig me sorprendió. "¿Por qué no? Necesito mi coche: es la única casa que tengo hasta que resuelva algunas cosas. Sé que está enfadada conmigo, pero no le tengo miedo a Dawn".

"Dile que puede quedarse aquí", susurró la voz femenina.

"No creo que sea una buena idea", le susurró Craig.

"Dile que gracias, pero no gracias", dije. "No necesito ser una carga para nadie. Además, necesito algo de tiempo para mí de todos modos".

"Deja que te recoja, Damien. Te llevaré a tu coche. Quédate conmigo esta noche; alquilaré un hotel. Hay tanto que hablar".

"¿Sabes lo que realmente necesito? Un abrazo".

"Lo sé, Damien. Lo sé. ¿Dónde estás?"

"Estoy cerca de la calle Tacoma, cerca de Gratiot. Date prisa, acabo de perder otro autobús".

"¿Qué diablos haces por ahí?"

"Vi a una mujer que se parecía a mamá, así que me bajé del autobús. Mira, es una larga historia. Sólo ven a buscarme".

"Voy en camino."

"Mi teléfono se está muriendo, así que no puedo llamarte, pero te estaré esperando aquí".

Craig aceptó y dijo que me vería pronto. Oí el pitido de un botón y luego un ruido seco. Debió de tirar el teléfono a un lado, pensando que había terminado la llamada cuando en realidad había pulsado el botón equivocado.

Me quedé callado, escuchando su conversación

con la mujer que le había susurrado antes.

"¡Me voy contigo! Sólo déjame coger mi bolso".

"Bella, no vas a ir. Puedo encargarme de Damien. Él me necesita, y yo sigo enamorado de él, así que no te metas en esto".

"No, no me mantendré al margen. ¿Qué pasa si ella lo está utilizando para llevarte allí? Sin mencionar que es peligroso por allí. Voy a ir!"

"¡Bella, para! ¿Te das cuenta de lo loca que suenas ahora mismo? Sabes que es imposible que me tienda una trampa. ¿Ya olvidaste lo que le pasó? No te metas en esto si quieres que arreglemos nuestra relación. Lo digo en serio".

Eso fue lo último que escuché antes de que mi teléfono muriera.

Me quedé en la esquina, preguntándome qué acababa de escuchar. ¿Quién era esta persona, Bella, y por qué estaba tan preocupada por la seguridad de Craig? Tal vez era una buena amiga que tenía todo el derecho a sospechar, especialmente si Craig le había contado alguna de nuestras tonterías. Vaya, yo tampoco me fiaría de nosotros. La única parte que me confundía era por qué Craig había dicho que era imposible que Dawn le tendiera una trampa.

Decidí ignorar toda la conversación. La tal Bella sólo era una amiga preocupada, y no podía culparla.

No pasó mucho tiempo antes de que Craig llegara

en su Mercedes Benz negro, con interior de cuero rojo. Subí al coche y miré a mi alrededor para ver si estábamos solos antes de abrazarlo con fuerza. Sus brazos eran reconfortantes y cálidos. Me sentí seguro de ser yo mismo por primera vez en días.

Una vez que nos soltamos, estudié su rostro. Tenía un aspecto terrible. Tenía los ojos rojos e hinchados, y las bolsas debajo de ellos indicaban que no había dormido en días. Sabía que yo tampoco tenía un aspecto demasiado atractivo, pero al menos mi ojo morado estaba desapareciendo. Vi una oscuridad en los ojos de Craig que nunca había visto antes. Algo horrible le había sucedido. Quería saberlo, pero no tenía energía para compadecerme. Ya estaba sufriendo lo suficiente por mi cuenta.

Mientras Craig enviaba un mensaje a alguien, me pregunté por qué le había hecho pasar por tanto. Tal vez había tenido miedo al amor. Empujarle hacia Dawn me permitía la libertad de evitar tanto mi sexualidad como el amor que él sentía por mí. También existía la posibilidad de que tuviera miedo al abandono, lo que podía agradecer a mi madre ausente. Dios, la echaba tanto de menos.

El nivel de estrés de Craig parecía aumentar por momentos.

"¿Qué está pasando?" Dije mientras me abrochaba el cinturón de seguridad. "¿Por qué pareces tan nervioso?"

"No sé por dónde empezar. Nada tiene sentido, nada".

"Cálmate. ¿Qué es tan malo que no puedes contarme sin más? Empieza diciendo lo primero que se te ocurra".

"No es tan sencillo. Hay otras personas involucradas, y tengo que protegerlas también".

"¿Protegerlos de qué?" Decidí que había terminado de lidiar con su drama. "Sabes qué, no tengo tiempo para esta estúpida mierda hoy. Llévame a casa de Dawn para que pueda coger mi coche".

"No puedo".

"¿Por qué diablos no? ¿Esto es por esa mierda de la amnesia? No creo ni por un segundo que su culo tenga amnesia, pero me alegro de que siga viva".

La cabeza de Craig giró hacia mí. "¿De qué estás hablando? ¿Tu hermana sigue viva?"

"Bueno, cuando te fuiste de las montañas ese día, Dawn siguió atacándome. Incluso me cortó el brazo justo aquí". Tracé la cicatriz que Dawn me había dejado. "Una cosa llevó a la otra, y de alguna manera ella cayó. La empujé. Creí que la había matado, y me estuve machacando hasta que descubrí que estaba viva". Suspiré con alivio. "Maldita sea, me sentí bien al contarle eso a alguien en voz alta por fin".

"No tenía ni idea de todo lo que había pasado. No había visto a Dawn desde las montañas hasta..."

"¿Hasta qué?" Craig bajó la cabeza. Cuando

guardó silencio, seguí hablando.

"Me alegro muchísimo de que mi hermana siga aquí, aunque esté jugando a un loco juego de amnesia. A estas alturas, la aceptaré como sea. Una vida sin ella no sería realmente una vida para mí. Sé que tenemos una familia jodida, pero son todo lo que tengo. ¿Sabes?"

"Sí, lo sé. Mi familia es todo lo que tengo, también. Nunca te conté mucho sobre mi hermana; es una larga historia. Ella hizo algo que no me sienta bien, y afecta a otras personas que me importan. He estado estresado".

Craig puso el intermitente para girar a la derecha. Miró por el espejo retrovisor y sus cejas se alzaron.

"¿Qué tan malo puede haber sido que no puedas lidiar con ello? ¿Craig? ¿Por qué sigues mirando por el espejo?". Torcí el cuello para mirar por la ventanilla trasera. "¿Nos está siguiendo alguien?"

"¡No! ¿Quién nos seguiría? No quiero hablar más de mi hermana".

"Típico de Craig. Te cuento todos los desastres de mi vida y tú no me cuentas nada. Apenas hablas de tu hermana, como si fuera un fantasma o algo así. No importa, no me cuentes nada. Tengo suficiente con mi propia mierda para los dos".

"No es así, Damien".

"Este no es el camino a la casa de Dawn. ¿A dónde vamos?" Miré por el espejo lateral y me di cuenta de que el mismo Honda Accord plateado seguía detrás de nosotros.

"No puedo llevarte a casa de Dawn ahora mismo. Vamos a un hotel".

"¡Quiero mi coche! Estás actuando de forma extraña. ¿Por qué evitas tanto la casa de Dawn? ¿Tienes miedo de algo? ¡Sé que no has seguido acostándote con ella!"

"Damien, sé realista. Espera un momento, déjame parar".

Craig paró el coche y el Honda plateado pasó por delante. Me sentí aliviado de que no nos estuvieran siguiendo.

"¿Por qué nos detenemos?"

Craig tomó mi mano. "No sé cómo decirte esto, y desearía no tener que ser yo quien lo haga, pero Dawn se ha ido".

"¿Se ha ido a dónde?" Pregunté, apartando mi mano mientras mi corazón empezaba a latir incontroladamente.

"Le dispararon. Lo siento mucho, Damien. Lo siento mucho".

Cayó en mis brazos, llorando. Me quedé sentado, aturdido e incapaz de creer lo que acababa de decir.

"¿Alguien le disparó a Dawn? ¿Está muerta? ¿Estás seguro? ¿Cómo lo sabes?" Las palabras salieron tan rápido como mi boca pudo formarlas.

"Sé que tienes preguntas, y prometo responderlas todas. Pero ahora tenemos que ir al hotel. Te llevaré a tu coche por la mañana".

Se incorporó, apartando las lágrimas con una mano y frotando mi hombro con la otra. "¿Cómo te sientes? Sé que Dawn y tú estabais muy unidos, incluso cuando os peleabais".

"Sinceramente, no sé cómo me siento. La última vez que creí que Dawn estaba muerta en las montañas, no lo estaba. Me afligí mucho, lloraba cada vez que pensaba en ella y me sentía perdido al saber que ya no estaba aquí. Casi como si hubiera perdido una parte de mí. La consejera de la prisión acaba de decirme que está viva. Esta vez, tendré que verla por mí mismo. Siento que si estuviera muerta, lo sentiría, y no lo sentí la última vez, y no lo siento ahora". Hice una pausa. "Si está muerta, ¿dónde está su cuerpo?"

Craig volvió a ponerse el cinturón de seguridad y se incorporó al tráfico. "Supongo que en la morgue. Aunque no estoy seguro, he estado destrozado desde que ocurrió".

"No puedo volver a llorar por nada. La pena y la culpa no son buenas para mí en este momento. Tengo que ver a Dawn con mis propios ojos, así que podemos ir por la mañana".

Recosté la cabeza mientras Craig conducía, relajándome por fin. Me decía a mí mismo que Dawn estaba bien. Luego pensé en mamá, y me dolió el estómago. Tenía que encontrarla mientras estaba en libertad bajo fianza.

No tenía intención de volver a la cárcel. Si me

querían, tendrían que encontrarme; de ninguna manera entregaría voluntariamente mi vida al gobierno para que me dijera cuándo comer y cagar de por vida. Ni siquiera tenía un abogado, y sin uno vencer mis cargos sería imposible, así que simplemente me concedí la libertad. Que se jodan los tribunales.

Mi instinto me decía que algo estaba mal. Pero estaba con Craig, y él me quería. Decidí ignorar ese sentimiento. ¿Qué podría salir mal? Ese sería más tarde mi mayor error.

5
ME PERTENECES

Craig y yo finalmente llegamos al hotel. Aparcamos el coche en la calle en lugar de en el garaje. Me pregunté por qué no habíamos utilizado el garaje. Craig siempre gastaba el dinero libremente. Lo tenía. Sólo lo mejor. Era una de las cosas que me gustaban de él: no se conformaba con nada.

Al entrar en el hotel, me sorprendió la elegancia del edificio. Había enormes lámparas de araña brillantes, suelos de mármol brillante con decoración en crema y oro. El lugar era absolutamente fabuloso. Mientras Craig se acercaba a la recepcionista, yo me quedé admirando el hermoso hotel. Unas cuantas personas se sentaban alrededor de una cascada en el centro del vestíbulo. Un hombre con una larga barba sorbía una humeante taza de té. Dos tipos con traje de negocios bebían juntos y charlaban. Dos mujeres blancas se reían mientras repasaban sus planes para la cena, aparentemente esperando que su coche las recogiera.

Entonces me fijé en una mujer negra que estaba sentada frente a la fuente leyendo un periódico. Era absolutamente impresionante. Tenía las piernas cruzadas de forma sexy. Sus elegantes tacones de aguja parecían nuevos; estudié la suela de su zapato, que no mostraba ningún desgaste. Estaba sentada de negro y su presencia exigía atención. Su figura era impresionante: su vientre plano, la forma en que se sentaba en la elocuente silla de terciopelo.

Quitó el periódico que tenía delante de la cara y mantuvimos el contacto visual durante un instante antes de que volviera a leer.

Me quedé pensativo, preguntándome por qué una mujer de su clase estaría sentada allí sola leyendo basura en un periódico por la noche. Ella estaba fuera de lugar, pero yo también. Era seductora y extremadamente atractiva. No me gustaban las mujeres, así que no sabía de dónde venía este repentino enamoramiento. De vez en cuando, me encuentro con una persona que exige la habitación, y como cualquier otro humano, obedezco.

Craig se acercó a mí después de dejar el mostrador

de la recepcionista. Parecía frustrado.

"¡Venga, vamos!", exigió.

"¿Por qué? Estoy muy cansado, Craig. ¿Por qué no podemos quedarnos aquí? ¿Están todos reservados?"

"No. Me he dejado la cartera. No tengo dinero, ni tarjetas, ni nada encima. Salí corriendo para venir a buscarte".

"Bueno, vamos. ¿Ahora a dónde?" Miré hacia atrás para ver a la misteriosa mujer por última vez. Ya se había ido. La busqué brevemente por la habitación, pero había desaparecido.

"Tenemos que subir a la cabaña", dijo Craig mientras subíamos al coche. "Ahí es donde está mi cartera. No podemos hacer nada sin ella".

"¿Tu cabaña familiar? Podríamos dormir en el coche como solíamos hacer cuando nos escabullíamos". Me reí ante el recuerdo mientras me abrochaba el cinturón de seguridad.

"Aquellos eran los días divertidos. ¿Recuerdas aquella vez que te dije que te bebieras la botella de agua y era vodka? Te atragantaste y escupiste por todo el coche". Craig se rió.

"¡Eso no fue divertido! Sabes que odio beber".

"Echo de menos esos momentos contigo, Damien. Eras mi equilibrio, y siempre podía ser yo mismo a tu lado. Desearía que nunca hubiéramos involucrado a Dawn en nuestra vida, quiero decir como tu hermana tal vez, pero no como un medio para obtener información."

"Yo también lo lamento, Craig, más de lo que nunca sabrás. Lo peor de todo es que nunca te dijo nada", me reí.

"Cierto. Dawn es un asunto serio. Le costó dos años decirme su apellido. Esa chica es dura... era dura, quiero decir".

"¿Está realmente muerta? En realidad, no respondas a eso. Asumiré que está bien hasta que vea lo contrario. ¿Cuánto dura el viaje a la cabaña?"

"Ya has estado allí antes. El viaje de esquí, ¿recuerdas? No te dije que era la cabaña de mi familia porque es una regla familiar no llevar nunca a extraños a la cabaña".

"Oh, no me extraña que supieras llegar a todo con tanta facilidad. Claro que me acuerdo: tuvimos sexo en la nieve y tiré a mi hermana gemela desde una montaña. ¿Cómo podría olvidarlo?"

"¿Quieres decir que hicimos el amor en la nieve? Bueno, todo eso terminó cuando Dawn llegó y casi nos mata. Creí que estabais muertos con toda seguridad". Se rió torpemente.

"¿Viste la mirada en sus ojos? Si hubiera tenido una pistola, no estaríamos en este coche ahora mismo, te lo aseguro".

"Bien, basta de hablar de Dawn. Cuando llegue a

la cabaña, entraré a buscar mi cartera y luego nos iremos de inmediato. No sé quién de la familia puede estar planeando quedarse allí. Nunca se sabe con mi familia. Lo último que necesito es que mi padre me vea con un hombre en medio de la noche".

"No estoy de acuerdo, pero lo entiendo. Me quedaré en el coche".

Empezamos nuestro viaje de dos horas hasta la cabaña. Durante todo el trayecto, hablamos de los viejos tiempos. Nos reímos, nos besamos y recordamos. Craig me recordó por qué lo amaba tanto. Se sentía bien dejar atrás los problemas del mundo. Se sentía bien ser una pareja normal dando un paseo nocturno. Al menos por el momento, eso es lo que éramos en mi mente.

A menudo pensaba en Dawn, pero me obligaba a pensar en otra cosa. Craig realmente me entendía, o tal vez él mismo estaba tan dañado que pasaba por alto mis defectos. Creo que lo que el Sr. Ralph le hizo realmente lo arruinó. Violar a su propio hijo y dejarlo en un sótano durante meses es una tortura. Estoy feliz de que ese feo saco de mierda esté muerto. Sólo deseo que la policía haya descubierto quién lo mató. También esperaba que Brianna hubiera aparecido con el paso de los años, entonces estaría limpio. Pero nunca apareció. Siempre dije que el día que apareciera sería uno de los más felices de mi vida. Demostraría mi inocencia.

Craig puso el intermitente y nos desviamos de la carretera principal. "Ya que por fin estamos solos, quería preguntarte algo".

"Pregúntame cualquier cosa", respondí, mirando alrededor de la zona aislada. Estaba oscuro, y lo único que podía ver eran las sombras de los árboles.

"¿Por qué mataste a mi padre?", preguntó mientras se quitaba el cinturón de seguridad.

"¿Qué estamos haciendo aquí? Me estás asustando".

"Sé que no estás asustado. No Sr. Damien. No, de verdad, ¿por qué mataste a mi padre? Necesito saberlo".

"No maté al Sr. Ralph, Craig. Sí, lo odiaba, pero no soy capaz de asesinar brutalmente a alguien. Ese tipo de persona es un animal. Pero sí inculpé a mi padre por su asesinato, lo que a su vez me hizo parecer culpable".

"Tenía que preguntar. Ralph era un padre de mierda, pero seguía siendo mi padre biológico. Tenía que saber si el hombre del que estoy locamente enamorado realmente asesinó a mi padre. Es una pregunta extraña, pero tenía que saberlo. Te ayudaré a conseguir un abogado. Por cierto, puedes relajarte. Sólo me detuve aquí para orinar". Se bajó del coche.

"Oh, gracias a Dios. Pensé que parabas aquí para matarme o algo así". Me reí. "Gracias por ofrecerte a pagar un abogado, pero no voy a volver a la cárcel y me voy a saltar la fianza. En lugar de pagar un abogado, puedes ayudarme con algo de dinero para la fuga. Necesito alejarme de estas calles de Detroit".

"No sé nada de eso, Damien. ¿Huir de la ley? Eso no es una buena vida". Craig se ocupó de sus asuntos, se subió la cremallera de los pantalones y volvió a subir al coche.

"Ir a la cárcel tampoco es una buena vida".

Continuamos nuestro viaje y llegamos a la cabaña a las 12:35 am. Yo estaba agotado. No hacía ni veinticuatro horas que había salido de la cárcel. Lo único que quería era una ducha y una cama que no tuviera un compañero de celda debajo.

Me quedé en el coche como me había pedido Craig. Abrí la ventanilla del coche para sentir el aire fresco de la noche; se sentía como la libertad. Craig se había llevado las llaves para poder entrar en la cabaña. Vi que se encendía la luz del salón y esperé que se diera prisa. La cabaña me hizo pensar en Dawn. La última vez que había visto a Dawn fue en esta zona, cuando la había dado por muerta. No me gustaba mucho esta cabaña.

"Damien, entra". Craig hizo un gesto con las manos, indicándome que entrara.

"¿Estás seguro?" Susurré.

"¡Sí! Vamos, hace frío ahí fuera".

"Vale, dame un minuto, estaré dentro. Sólo dame cinco minutos".

Craig asintió y cerró la puerta mosquitera.

Dudé antes de poner un pie fuera del coche. La nieve en el suelo me recordó inmediatamente dónde estaba.

Hay algo dentro de todos nosotros que nos dice cuando algo no está bien. Algunos lo llaman agallas; otros, intuición o instinto. Sea lo que sea, yo lo sentí. Empecé a cuestionar todo. Como si tal vez Dawn estuviera viva, y estuviera esperando en esa cabaña para volarme los sesos. Tal vez ella me había sacado de apuros y había utilizado a Craig para llevarme hasta allí.

Mi móvil estaba muerto, Craig tenía las llaves del coche y yo estaba en medio de la nada en su cabaña familiar. No había tenido miedo en todo el trayecto, pero había pensado que sólo iba a por su cartera. Se suponía que no íbamos a quedarnos. Ahora que los planes habían cambiado, me sentía incómodo.

Sin embargo, no hice caso a mi intuición. Sabía que Craig me quería y que nunca me tendería una trampa. Estaba siendo paranoico. Decidí dejarme llevar y confiar en que, por una vez, podría tener una noche normal con mi amante.

"¡Damien!" Craig gritó a través de la puerta. "¿Qué pasa? Vamos. Se está enfriando aquí por tener la puerta abierta".

"¡Pensé que no íbamos a quedarnos aquí!" Le contesté. "¿Por qué no cogemos la cartera y nos vamos?".

Cuando Craig no respondió, entré en la cabaña. Me quité los zapatos llenos de nieve y caminé hacia la chimenea.

"Es tarde y no hay nadie", dijo Craig. "Podemos irnos temprano por la mañana porque estoy cansado de conducir. Toma, ponte estos calcetines secos". Craig me entregó un par de calcetines calientes y se unió a mí junto a la chimenea.

"Este lugar me asusta un poco. Tal vez porque..." Hice una pausa.

"Mira, por esta noche, vamos a estar juntos. No hablemos más de Dawn, de malos recuerdos, de tirar a la gente de las montañas. Simplemente estemos". Puso su mano en mi rodilla. "Mi familia pasó mucho tiempo aquí, haciendo panqueques, cantando canciones y teniendo peleas de bolas de nieve. Esta es una casa de amor. No lo pienses demasiado, Damien".

"Tienes mucha razón. Estoy alucinando, nene. Déjame darte uno de esos masajes que tanto te gustan". Comencé a masajear los musculosos hombros de Craig.

Hablamos durante horas hasta que ambos nos quedamos dormidos.

"Qué descaro, pensar que te dejaría en paz", dijo el Sr. Ralph, con una gran caja en las manos. "¿De

verdad pensaste que podrías tener una vida normal después de hacernos daño a todos? Qué pequeño monstruo enfermo eres ".

"No he hecho daño a nadie. ¿Por qué has vuelto otra vez? No te acerques. ¿Qué hay en la caja?"

"¿Por qué he vuelto? La pregunta debería ser, ¿por qué has vuelto? ¿Por qué has vuelto, Damien? ¿Eh? ¡Respóndeme! ¿Por qué has vuelto?"

"No lo sé. Por favor, vete. ¡Vete! ¡Quédate atrás!"

"¡No! Nunca me iré. Toma, tengo un pequeño regalo para ti". El Sr. Ralph me entregó una caja.

"¡No lo quiero!" Grité. "¡Sólo vete, por favor vete, por favor vete!"

"¡Cógelo, chico!", gritó, con la sangre brotando de sus oídos.

"¡Para!" grité mientras tomaba la caja cuadrada y la abría a la fuerza. Salté hacia atrás y grité al ver la cabeza de mamá en la caja. Tiré la caja al suelo.

"¿Te gusta tu regalo?" Preguntó el Sr. Ralph.

Me levanté de un salto de mi sueño. Mi corazón latía como un fuerte gorila y mi frente sudaba. Mis manos temblaban mientras miraba alrededor de la cabaña. Toqué a Craig para recordarme que estaba despierta, para recordarme que estaba viva, pero sobre todo, que sólo había sido una pesadilla. Recuperé la compostura y empecé a frotarle el pelo.

Le froté lentamente su definida espalda. Craig se puso de espaldas, con los ojos aún cerrados, y yo empecé los juegos preliminares. Introduje su virilidad en mi cálida boca, lo que le despertó al instante. Participó con gemidos y una suave presión sobre mi cabeza mientras bombeaba mi boca hacia arriba y hacia abajo. Continué complaciéndolo hasta que levantó mi cabeza y me indicó que me pusiera encima.

En cuanto entré en el cálido culo de Craig, sentí una fría sensación metálica que golpeaba mi cabeza. Fue muy doloroso. Caí de lado mientras seguía parcialmente dentro de Craig. Le oí gritar. De repente todo se volvió borroso. No estaba seguro de nada, excepto de que me habían atacado. Alguien me había noqueado con algo. Todo se volvió negro. No supe cuánto tiempo estuve inconsciente, pero cuando abrí los ojos apareció frente a mí una mujer despampanante con una mirada despiadada. Pura belleza fue mi primer pensamiento mientras sentía la parte trasera de mi cabeza que rápidamente goteaba sangre.

"¡Levanta tu puto culo!" Oí gritar a una mujer mientras movía la cabeza en un movimiento circular. La sangre escurría por mis ojos y no podía moverme. Oí el fuerte silbido de una tetera.

"¿Qué está pasando?" pregunté en voz baja, todavía aturdido por el golpe que me habían dado en la cabeza. Entonces me di cuenta de que seguía desnudo y de que tenía los pies atados a una silla. Craig parecía estar muerto a mi lado, con las piernas y las manos atadas. Me entró el pánico.

"¡Cállate de una puta vez! Te diré lo que está pasando. Regla número uno, no hables a menos que te dé permiso. ¿Entiendes?" La voz de la mujer me resultaba familiar, pero no podía ubicarla.

"Sí. ¿Está muerto?" Me acerqué para tocar a Craig, con lágrimas en los ojos.

"No recuerdo haberte dado permiso", dijo la mujer mientras me golpeaba la mandíbula con su arma. Grité de dolor.

"¡Oh, sí! ¡Grita, papi! Así es como me gusta. Quizá deba golpearte de nuevo para que grites más fuerte. Eso me está excitando, más de lo que podría hacerlo esa pequeña polla tuya".

"¿Puedes, por favor, conseguirle ayuda?" Murmuré, con miedo a hablar.

"Está bien. Sólo le he dado unas pastillas para dormir y así poder hablar contigo. Es mi hermano. Nunca le haría daño, pero tú, en cambio, no tienes tanta suerte".

Tiró una manta sobre el cuerpo desnudo de Craig. Luego cogió una silla y se sentó frente a mí. La reconocí, pero no supe de dónde.

"¿Tu hermano? Oh, ¡lo siento! ¿Puedo hablar?"

"¡Demasiado tarde!" Ella golpeó el otro lado de mi

mandíbula con la pistola, más fuerte que antes. Sentí que se me caía uno de los dientes de atrás. Escupí el diente ensangrentado en el suelo para evitar tragarlo. Se acercó más, y yo retrocedí con miedo.

"¡Ja, ja! Esto es más divertido de lo que pensaba. ¿Has perdido un diente, chico Danny? Sé lo mucho que te gustan los dientes". Me agarró bruscamente la mandíbula y me apretó los labios. "¿No me reconoces? Adelante, te doy permiso para hablar".

"Lo siento, no estoy seguro de dónde te conozco", tartamudeé.

"Oh, eso es decepcionante. Deberías conocerme muy bien. Juguemos a un juego. Te dejaré que me hagas tres preguntas, y yo las responderé con sinceridad. Luego yo te haré tres preguntas, y si considero que mientes, te dispararé o te cortaré con este cuchillo". Cogió un cuchillo afilado y me apuntó con él.

"¿Quieres jugar a un juego?"

"No te preocupes, no te mataré. Al menos no durante unos días. He esperado demasiado tiempo para este día. Ahora empieza con tus preguntas".

Intenté seguir el juego y ganar tiempo hasta que pudiera averiguar cómo escapar. "¿Cómo es que eres la hermana de Craig? ¿Qué quieres de mí? ¿Y por qué me has llamado chico Danny?"

"Soy la hermana de Craig porque nuestros padres

me adoptaron después de encontrarme en una casa en llamas. Quiero torturarte. Y para tu última pregunta, chico Danny era el apodo que te puso tu perturbada gemela". Ella frunció el ceño con disgusto.

"¿Mi gemela? ¿La hermana de Craig?" murmuré para mis adentros con un tono confuso.

"¡Sí! ¡Ahora me toca hacer tres preguntas! ¿Sabes quién soy ahora? ¿También tienes poderes? ¿Por qué me has hecho eso?"

"Lo siento", supliqué al darme cuenta de quién era.

Craig se revolvió. "¿Hacerte qué, Bella? ¿Qué demonios está pasando? Suéltame". Sacudió la cabeza, tratando de quitarse de encima los efectos de las pastillas.

"Damien está a punto de responder a mis preguntas. Cállate, Craig, y escucha quién es realmente tu novio. Habla ahora, Damien, antes de que te dispare la primera respuesta".

"Sí, creo que ahora sé quién es", respondí en voz baja. Estaba muy confundido, y no podía creer que Brianna estuviera delante de mí. Mi mente iba a toda velocidad, y me di cuenta de que se estaba impacientando, así que respondí rápidamente a la siguiente pregunta. "No sé a qué te refieres con poderes, pero no, no tengo ninguno. En cuanto a tu última pregunta, siento mucho haberte hecho eso, Brianna. Lo siento mucho".

"¿Qué me hiciste, perra? ¡Dilo en voz alta, maldito cobarde! ¡Di lo que hiciste!" Brianna me cortó el muslo derecho, apenas sin tocar mi pene.

"¡Cálmate, Bella!" Dijo Craig. "Guarda ese maldito cuchillo. ¿Qué está pasando contigo? Primero Dawn, ahora esto".

"Díselo, Damien. ¡Dile! Dile lo que hiciste".

"Yo... yo... te robé la inocencia", tartamudeé, con la cabeza agachada mientras me miraba el muslo que goteaba sangre. "Te quité la virginidad para vengarme de mi hermana. Era joven y estúpido, y sólo quería a Dawn para mí".

"A la mierda toda esa mierda de 'me robó la inocencia'. Tú me violaste. Luego tu hermana gemela psicópata intentó matarme y me prendió fuego". Me cortó el otro muslo. Volví a gritar.

"Espera, ¿violaste a mi hermana?" preguntó Craig, con lágrimas en los ojos.

"¡No, Craig! Tuve sexo duro con ella, y todo el encuentro estuvo mal, pero no la violé".

"¡Eres un patético mentiroso!" Brianna gritó mientras agarraba mi pene con fuerza y lo retorcía. "Te gusta coger esta pequeña polla y meterla en las vaginas de niñas inocentes, ¿eh?" Su voz bajó a un susurro. "¿También te gusta meter esta polla garabateada en el dulce culo de mi hermano?"

"No. Quiero decir que sí. Quiero decir no, no a las niñas". Me sentí desconcertado. Mi pene estaba en las palmas de sus manos. Por primera vez, mi pene había caído en las manos equivocadas.

"Ugh. Eres tan débil. Todos estos pequeños pelos de bebé me están poniendo enferma. Creo que los voy a quemar". Brianna frunció el ceño mientras agarraba un encendedor de parrilla y le prendía fuego a mi vello púbico. Grité con un dolor insoportable. El olor del vello quemado me provocó un malestar estomacal.

"Por favor, por favor, Brianna, por favor", le supliqué. "No me quemes vivo, por favor".

"¡Bella, es suficiente!" Craig gritó. "¡Desátame ahora!"

"Pero eso es lo que me hicieron. ¡Me prendieron fuego! Como si yo no fuera nada. Como si no tuviera una vida y unos padres que me quisieran. ¿Alguna vez tú o Dawn se detuvieron a pensar que yo era una persona? Yo era una persona que era amada. Era una chica normal y dulce, con un hogar amoroso. Ustedes me quitaron eso. Los dos lo hicisteis".

"Bella, entiendo que estés disgustada", empezó Craig. "Te prometo que lo entiendo. Por favor, déjame ir para que pueda parar esto antes de que se haga más daño".

"Oh, cállate. No voy a quemar su culo de mierda vivo. Al menos, no ahora mismo".

Brianna se dirigió a la cocina mientras las llamas de mi vello púbico empezaban a convertirse en polvo. Agarró la tetera que había estado silbando desde que recuperé la conciencia. La arrojó sobre las llamas restantes, escaldándome. Hubo una niebla de humo del agua hirviendo y de las llamas sobrantes.

"¡Maldita perra loca! No, lo siento, no quería decir eso. Brianna, lo siento. Por favor, para, por favor. No puedo aguantar más. Mi polla está ardiendo. ¡Craig, está ardiendo! Por favor, ayúdame. Por favor. Me está saliendo una ampolla. ¡Para! Necesito una ambulancia. Por favor, por favor". No creía que pudiera soportar más dolor.

"Oh, sé cómo se siente el fuego ardiendo en la piel. ¡Mira mi cuello! ¡Míralo, hijo de puta!"

"Brianna, no fui yo quien te prendió fuego. Ni siquiera sabía que Dawn te había hecho eso. No tenía ni idea, lo juro. Dawn siempre fue tan inocente. Ahora sé por qué su pelo olía a humo ese día. ¡Pregúntale a tu hermano! Pregúntale a él. Hice que empezara a salir con Dawn para obtener información sobre ella. Empecé a sospechar que estaba loca, incluso más loca que yo. Me culpaban de todo. No fui yo. Lo juro".

"Craig, sabes que te quiero y que nunca te haría

daño", dijo Brianna, agitando la pistola mientras hablaba, "pero quiero que me digas la verdad. ¿Cómo empezaste a salir con Dawn?"

"Está diciendo la verdad. Conocí a Damien primero; en realidad nos conocimos de pequeños. Fue el primer chico que me gustó".

"¡Te lo he dicho!" Grité.

"¡Cállate!" Craig continúa", exigió Brianna.

"Me encontré con él cuando éramos mayores; sabía quién era, pero no me recordaba. Salimos en secreto durante un tiempo antes de que me sugiriera que saliera con Dawn para ver si era malvada y, a cambio, podríamos vernos siempre a cara descubierta. Dijo que si Dawn era quien creía que era, quedaría libre si era expuesta. Eso es todo lo que sé".

"¡Ves, estoy diciendo la verdad!" Grité.

"¡Deja de llorar!" Exigió Brianna. "¿Qué te hizo empezar a sospechar de Dawn?", me preguntó con la pistola apoyada a su lado.

"Fue en casa de mi tía Sheryl. Sheryl no era una buena persona. Lo admito, la torturé dejándola cabreada en el suelo durante semanas, pero Dawn hizo algo fuera de este mundo. Ella todavía no sabe que lo sé". Un torrente de lágrimas corrió por mi cara. Quería ser duro, pero tener el pene escaldado lo hacía un poco difícil.

"¿Qué hizo ella?"

"Si lo digo, no tendrá sentido".

"Si te mato ahora mismo, tendrá sentido. ¡Habla!"

"Dawn silenció a mi tía; le impidió volver a hablar. Hizo lo mismo con mi tío Robby. Yo no tenía pruebas, pero un día decidí ser amable con Sheryl; así la llamábamos; la Sheryl de siempre, no la 'tía'. Sheryl escribió en un papel que Dawn la había empujado por las escaleras y le había quitado la voz. Le dije que dejara de mentir, pero realmente la creí. Verás, quiero a Dawn. Es la única persona, además de Craig y mamá, que me quiere de verdad".

Brianna me cortó antes de que pudiera terminar de explicar. "¿De verdad crees que me importa una mierda quién te quiera? Me han robado la vida. Todo lo que quiero es abrazar a mi madre, mi verdadera madre. Quiero saltar a los brazos de mi padre y oírle llamarme 'niña' una vez más". Se quitó una lágrima de la cara.

"Bella, ya no tienes que estar desaparecida", dijo Craig. "Te ayudaré a encontrar a tus padres".

"No lo entiendes, Craig. Dawn es demoníaca. Torturará a mis padres sólo para llegar a mí, así que no puedo volver a conectar con ellos hasta que sepa que está muerta".

"¡Ella está muerta! Tú la mataste, ¿recuerdas?" Craig levantó las cejas.

"¿Es por eso que no me has dicho lo que le pasó?" Dije. "¿Estabas protegiendo a tu hermana?"

"¿Te he dado permiso para hablar?" Brianna me abofeteó la cara, esta vez con las manos desnudas.

"Damien, no me hables ahora", dijo Craig. "Tienes más secretos de los que estoy dispuesto a tratar". Se volvió hacia su hermana. "Brianna, Dawn está muerta. Yo mismo le tomé el pulso. Le disparaste en la cabeza. Está muerta".

"¡No se ha ido! Tuve una pesadilla anoche. Está muy viva". El miedo brilló en los ojos de Brianna. "¿Tú también tuviste una, Damien?"

"Sí, la tuve. ¿Pero qué tienen que ver mis pesadillas con todo esto?" Cerré los ojos. Parecía ayudar al dolor.

"Dawn es más poderosa de lo que crees. Ella crea las pesadillas que tenemos. Me lo confesó justo antes de que le disparara. Es una de sus formas de controlar a la gente. Cuando pensó que estaba muerta, las pesadillas cesaron. Ahora que sabe que estoy viva, han vuelto. Lo que me dio a entender que estaba viva. También llamé a alguien para confirmarlo".

"Mamá y papá también las tuvieron", observé. "Todos tuvieron pesadillas excepto Dawn". Entonces me estremecí, dándome cuenta de que no había pedido permiso para hablar. Por primera vez, sin embargo, Brianna no me golpeó.

"De acuerdo, Bella", dijo Craig, "averiguaremos cómo domar a Dawn para que puedas reunirte con tu familia. Pero tienes que dejar ir a Damien".

"No haré tal cosa. Damien me llevará hasta Dawn y la mataré, esta vez para siempre".

Brianna se acercó a mí y me ató las manos con más cuerda gruesa. A continuación, hizo lo impensable, me abrió el hombro y colocó un chip dentro. Luego cosió mi piel como si fuera un trozo de tela. Grité durante todo el proceso. Craig no podía soportar ver.

Craig sonaba mareado. "Bella, vamos. Detén esto".

"Ahora tengo un dispositivo de rastreo en ti. Si intentas huir, sabré dónde estás, y simplemente llamaré a la policía. Eres un asesino en libertad bajo fianza, y me perteneces. Una llamada y vuelves a la cárcel. Si intentas sacarlo, explotará y morirás.

"¿Un dispositivo que explotará? ¿Qué es esto, algún tipo de película de acción?" murmuré, marcando su fanfarronería.

"Por si lo has olvidado, la familia de Craig y yo somos ricos. Con dinero, todo es posible. En cualquier caso, me perteneces. Ahora siéntate ahí y piensa en cómo llevarme a Dawn. Volveré en unos días". Ella tomó el cuchillo y cortó la cuerda de las manos y los pies de Craig. "¡Craig, vístete y vámonos!"

Desató a Craig y ambos salieron de la habitación. Poco después, oí cómo se cerraba la puerta principal, y luego escuché cómo salían los coches.

¡Esa puta loca de Brianna ha perdido la cabeza! Yo pensé. Me hice el simpático para salvar mi vida, pero ella lo estropeó, dejándome vivo. Escaldando mi pene, torturándome como si no fuera quien soy. Soy Damien, y claramente, ella olvidó que yo soy el verdadero puto monstruo. El Sr. Buen chico se ha ido. Tuvo el descaro de decirme que le pertenezco. ¿Le pertenezco? Voy a mostrarle quién es el jefe. Debería haberle abierto el ano cuando la cogí en el campo. Con su estúpido coño seco. ¿Quién se cree que es? Me dejó en la oscuridad con dos heridas cortadas, el pelo del pene quemado, dos dientes perdidos y un brazo cosido, y realmente cree que voy a ser su pequeña marioneta. Y esa maldita Dawn, esa chiflada estaba detrás de todo.

Dawn realmente engañó a todo el mundo haciéndoles creer que era una niña inocente, cuando todo el tiempo estaba torturando en secreto a toda la maldita familia. Sabía que era malvada, pero no tenía forma de probarlo. Ahora que sé que Craig y Brianna están relacionados, ya no se puede confiar en él. Craig siempre fue débil, pero no vi venir esto. Así que, Brianna debe haber estado en el Honda plateado que nos seguía. Todavía me sorprende lo hermosa que es. Su cuerpo y su cara son impecables. Parecía literalmente una supermodelo. Supongo que eso es lo que significa crecer en tu apariencia.

Debo salir de aquí antes de que Brianna regrese. Ella es capaz de cualquier cosa. Mierda, está casi tan loca como Dawn. No puedo creer que quisiera que Brianna estuviera viva para no ser sospechoso de su desaparición. A mí me parecio que estaba viva. Me pregunto si Dawn también mató al Sr. Ralph. Debe haberlo hecho.

Ugh, me duele mucho el pene. Brianna quería seguir llamando a mi polla "pequeña". Me dijo repetidamente, pene pequeño esto, pene pequeño aquello. Era suave; ¿qué esperaba? Ella trató de romper mi ego y mi autoestima. Voy a romperle el culo por la mitad.

Brianna no sabe que abrió algo dentro de mí que he estado tratando de callar. Puede que no tenga poderes mentales, pero claramente soy más peligroso que Dawn. Primero, ayudaré a Brianna a llegar a Dawn, porque si ella puede deshacerse de ella, yo no tendré que hacerlo. Ahora que se ha confirmado que Dawn estaba haciendo todo, soy yo o ella. Me elijo a mí. En cuanto a Brianna, le daré algo mucho peor que una violación, ¡y le mostraré quién es el dueño de quién!

6
EL TURNO DE PAPÁ

Papá había ido al hospital todos los días desde que Dawn fue ingresada. También buscó mucho a mamá, pero en vano. No tenía ni idea de dónde estaba, pero sabía que ella ya no quería formar parte de la familia.

Mientras tanto, papá se había enamorado de otra persona. La conoció el día después de ser liberado. No sabía cómo se sentiría Dawn al verle con otra mujer, así que mantuvo la relación en privado. Damien sabía que papá era un perro, pero Dawn siempre lo negaba.

Papá estaba en la mejor forma de su vida, y lo sentía. Su piel acaramelada, sus brazos musculosos y su pelo rizado y áspero atraían la atención de las mujeres.

El día en que Papá conoció a su hermosa nueva novia fue un día que nunca olvidaría. Sólo tenía unos quince dólares a su nombre. Por desgracia, no te dan nada para empezar una nueva vida cuando te sacan de la cárcel: ni ropa, ni dinero, ni vivienda, ni trabajo, nada. Te quedas solo. Por suerte, a papá le quedaban veintiocho dólares en su cuenta de la cárcel por haber trabajado en la cocina de ese lugar.

Papá era popular en la cárcel. Se metía en algunas peleas aquí y allá, pero siempre ganaba. Su nombre tenía un peso considerable dentro de la prisión.

Papá entró en un Dunkin Donuts, sin saber dónde dormiría esa noche o de dónde sacaría su próximo dólar. Tenía demasiado orgullo para pedir ayuda a Dawn. Pidió un café y deseó tener una bebida de verdad. Ya había dejado el licor, pero aún le quedaban ganas de vez en cuando. La cajera cobró la taza de café y papá buscó el cambio en sus bolsillos. Levantó la vista con dos dólares en la mano y allí estaba ella, como si acabara de caer del cielo: joven, guapa, fuerte y al mando. Nunca olvidará lo que le dijo, y todavía le hace reír cuando lo recuerda.

"Te lo compro, precioso", le dijo la bella joven a papá.

No podía creer que le hubiera llamado precioso. Era la mujer más guapa que había visto en años. Estaba al nivel de mamá, pero era más joven. A partir de ese momento, pasaron todos los días juntos. Era perfecta. Nunca se quejaba. Era buena en la cama. No tenía hijos. Por primera vez, papá era realmente fiel. Estaba locamente enamorado, y no había nada más que quisiera que pasar cada momento con ella.

Se sintió agradecido cuando ella le dejó mudarse a su lujoso apartamento, y trabajó muy duro para pagarle. Sin embargo, ella rara vez aceptaba el dinero de papá. No podía entender cómo había tenido tanta suerte.

"¡Jerome!" Dijo Brianna. "Cariño, ¿has oído que te llamo?"

"Lo siento, mi amor. Sólo estaba soñando despierto con Dawn otra vez. De verdad, Bella, esta mierda me ha jodido la cabeza. ¿Qué tal tu viaje de trabajo? Has estado fuera una semana entera. Tenemos que hacer las paces". Agarró la cintura de Brianna y la acercó a él.

"¿Por qué estás tan loco? Yo también te he echado de menos. Siento no haber podido usar el teléfono en el retiro de trabajo. Ponme al día sobre Dawn. ¿Está bien?"

"¡No! Un hijo de puta le disparó. Le dispararon a mi bebé y está en la UCI".

"¿Alguien le disparó? Pensé que se había caído de una montaña. Jerome, siento mucho no haber estado allí para apoyarte. ¿Tienen algún sospechoso?"

"No, Bella. Y aún no se ha despertado del todo. Sé que ella volverá a mí. No me voy a rendir con ella, es todo lo que tengo aparte de ti".

"Bueno, también tienes a tu hijo", dijo Brianna, frotando el brazo de papá.

"Bella, no empieces con esa mierda. Te dije que Damien está muerto para mí".

"No me digas 'Bella'. Sólo creo que tienes que perdonarlo. La familia es la familia, sabes. Hablando de familia, ¿cuándo crees que podré conocerlos? Han pasado meses".

"¿Damien? Nunca. Dawn se tomará un tiempo. Puede ser un poco celosa. Creo que a veces incluso tenía envidia de su madre. Sé que parece una locura, pero es una verdadera niña de papá".

"Bueno, al menos déjame ir al hospital contigo para llevarle flores y cariño. Dijiste que estaba inconsciente, ¿verdad? Ni siquiera sabrá que estuve allí".

"¿Pero qué pasa si se despierta mientras estás allí? ¿Cómo le explicaré a esta jovencita tan atractiva de su edad que está en los brazos de su papá?"

"Jerome, por favor. ¿Qué posibilidades hay de que se despierte en ese mismo momento? Si lo hace, me haré la desentendida".

"No, Bella. No quiero que conozcas a mi princesa así. Está conectada a máquinas y le han cortado todo el pelo. Es malo, y voy a averiguar quién lo hizo. ¡Cuando lo haga, les volaré la maldita cabeza de sus hombros!"

"Deberías dejar que la policía se encargue. No podría lidiar con que volvieras a la cárcel y te alejaran de mí. Eso me destruiría".

"Nunca te dejaría, nena, y no me atraparán. Ya está bien de eso. Ahora soy tu papi. Ven a sentarte en el regazo de papi. Te he echado mucho de menos, niña". Papá agarró a Brianna, y se rieron mientras caían juntos en la cama.

Papá no perdió tiempo en quitarle las bragas a Brianna con su boca mientras le acariciaba el pecho con sus manos. Comenzó a lamer su clítoris suave y gentilmente mientras Brianna gemía. Ella agarró su cabeza rizada y la introdujo bruscamente en su vagina, y papá chupó de forma descuidada y brusca como a ella le gustaba. Brianna soltó toda la cara de Papá, y él continuó lamiendo. Ella apartó su cabeza con fuerza, y él se rió.

Le encantaba cuando ella no podía aguantar más. Se tumbó de espaldas y esperó a que ella se pusiera encima. Su posición favorita era que una mujer se montara. Brianna se puso lentamente encima y balanceó sus caderas de un lado a otro, luego se movió hacia arriba y hacia abajo sobre el largo y duro pene de papá, completamente erecto. Él gimió mientras la agarraba por la cintura para que se moviera más rápido. Él bombeó más fuerte y con más fuerza. Ella redujo la velocidad para recordarle que tenía el control. Él le obedeció y le chupó el pecho intensamente.

"Di mi nombre", susurró ella.

"Hmmm, no pares, nena", respondió papá.

"Di mi nombre", gimió ella.

"Bella, Bella, oh sí, Bella", gimió papá mientras liberaba su semen en la vagina perfectamente lubricada de Brianna.

"Hmmmmm, sí", gimió ella y bombeó con más fuerza. Ella liberó su segundo orgasmo y cayó en la cama exhausta.

"Te quiero tanto, Bella", dijo papá, rodeando a Brianna con sus brazos.

"Yo también te quiero", respondió ella, aún respirando con dificultad. "¿Te molesta a veces que sólo tenga veintitrés años?"

"No. No es como si tuvieras dieciocho años o algo así. Eres muy madura. Yo soy el inmaduro, así que es como si tuviéramos la misma edad". Se rió.

"Quiero decir que tengo la edad de tus hijos. No me molesta porque me encantan los hombres mayores, pero he pensado que quizá por eso no me dejas conocer a Dawn. Como si tal vez te avergonzaras de mí o algo así".

"¿Estás loco? Claro que no, no me avergüenzo de la mujer más hermosa de Detroit. Sólo estoy un poco preocupado por cómo se lo tomará Dawn por culpa de su madre".

"Sí, sigo olvidando que todavía estás casado", dijo Brianna con sarcasmo mientras cubría su cuerpo desnudo con una sábana.

"No empieces con eso otra vez, Bella. Empezaré a trabajar en el divorcio en cuanto la encuentre. Te lo prometo".

"¿No es eso lo que dicen todos los hombres?" Ella se rió.

"¿De dónde viene todo esto? Hablamos de mi situación y dijiste que lo entendías. No es que mi mujer esté presente; ni siquiera sabemos dónde está".

"No lo sé. Es que estoy comprometiendo mucho de mí misma contigo, y tú me lo ocultas todo". La voz de Brianna era suave, arrepentida.

Papá suspiró con frustración. "Chica, siempre me destrozas, sobre todo después de echarme encima esa cosa. Puedes venir al hospital conmigo mañana. ¿Eso te hará feliz?"

"¡Eso me hará muy feliz! Pero necesito que sea hoy. Tengo una reunión importante mañana que no puedo perder".

"Vale, lo que quieras". Miró fijamente a los ojos de Brianna. "Déjame hacerte una pregunta. ¿Te avergüenza mi edad? Tampoco he conocido a nadie de tu familia".

"Mis padres no estarían de acuerdo con tu edad, especialmente mi padre. Cariño, tendré que facilitarles esto. Tampoco puedes conocer a mi hermano porque se lo dirá a mis padres; créeme, no puede aguantar. Sólo dame un poco más de tiempo y se lo diré".

"Oh, ¿así que puedes tomarte tu tiempo para presentarme a tu familia, pero conmigo es inaceptable?"

"Es diferente, Jerome. No tengo hijos ni esposa".

"Sí, está bien. Creo que necesito la segunda ronda antes de prepararnos para el hospital". Papá sonrió.

"¡No! Necesito ducharme. Quiero tener tiempo para parar y comprarle a Dawn unas flores. ¡Estoy tan emocionada! Esto significa tanto para mí. Gracias, cariño, por abrirte hoy. Tendré algo para ti esta noche". Saltó de la cama, cogió su bata y fue al baño a ducharse.

Papá era mayor, pero no era ingenuo. Revisó el teléfono de Brianna mientras estaba en la ducha. Su código de acceso era el 911; él la había visto ponerlo muchas veces. No tenía llamadas en su actividad reciente, excepto las de papá el día que se fue a su retiro de trabajo. Así que parecía que su teléfono había estado apagado durante una semana, como ella había dicho. Papá no sabía maniobrar muy bien con los teléfonos móviles, pero pudo abrir un mensaje de texto de Craig:

"Bella. Estoy tan decepcionada de ti. No puedo dejar de pensar en lo que pasó. Fue un lado de ti que nunca he visto, y no puedo dejar de reproducirlo. Llámame, y oh sí, si actúas como ellos, ¡no eres diferente a ellos! Vuelve a llamarme".

Papá oyó cómo se cortaba la ducha. Tanteó para cerrar el mensaje de texto. Oyó a Brianna salir de la ducha. Finalmente consiguió que el teléfono volviera a la pantalla de inicio y pulsó el botón de bloqueo. Colocó rápidamente el teléfono donde estaba, justo cuando ella entró en la habitación. Brianna lo miró con extrañeza y él sonrió. No podía creer lo que había leído. No lo entendía. ¿De qué estaba hablando su hermano? No parecía la Bella que él conocía. Todo tipo de pensamientos aparecieron en su mente. Deseó no haberlo leído.

Papá sabía que no podía preguntarle sobre eso, o rompería instantáneamente su confianza. ¿Cómo podría explicar lo que había estado haciendo con su teléfono en primer lugar? Papá pensó que tal vez Bella había robado algo. No podía imaginarse que ella hubiera hecho algo perjudicial. Justo cuando decidió olvidarse del asunto y agradecer que ella no le hubiera engañado durante toda la semana, sonó su teléfono.

Papá miró para ver quién llamaba. Era su hermano Craig, y ella pulsó el botón de rechazar.

"¿Por qué no contestaste el teléfono?" preguntó papá.

"Es que Craig está siendo molesto, además está un poco enojado conmigo", confesó ella.

"¿Por qué?" Preguntó papá con entusiasmo.

"¡No quiero hablar de ello!"

"Yo sí. Quiero saber más sobre ti, Bella". Estaba pescando cualquier información que pudiera conseguir. "Es curioso que tu hermano se llame Craig. Mi hija también sale con un tipo llamado Craig. ¿Cómo es tu hermano?"

"Es alto. Pero su aspecto no importa". Brianna se rió.

Papá estaba buscando en el armario algo que ponerse. "¿Qué es lo gracioso? ¿Y si Dawn está saliendo con tu hermano Craig? Eso sería una mierda rara, ¿no?"

"Una mierda rara es cierto, sobre todo porque mi hermano es gay. A menos que Dawn sea un hombre con la polla dura y rígida, dudo mucho que mi Craig sea el Craig en el que estás pensando". Ella se rió.

"Ohhhh. No sabía que tu hermano fuera gay. Sí, definitivamente no es el mismo Craig. Dawn y yo despreciamos esa mierda gay".

"¿Perdón? ¿Por qué debería molestarte la forma de vivir de otra persona? Esa mierda que has dicho me ha cabreado. A todo el mundo se le debería permitir ser quien es. ¿Quién eres tú para juzgar?"

"Cálmate. Entiendo que es un tema delicado. Sólo creo que los hombres deben estar con las mujeres, que es como mantenemos la creación humana. Se me permite opinar, ¿no?" Cogió una toalla.

Brianna se quedó mirando el tocador mientras se aplicaba rímel en sus ojos almendrados. "Tu opinión es estúpida. Si cada persona se preocupara por sí misma, el mundo sería un lugar mejor".

"Mira, no nos peleemos", dijo papá, de pie en la puerta del baño, con los músculos sudados y una toalla enrollada en la cintura. "Acabamos de hacer el amor. Estaré abierto a Craig; eso no significa que acepte o esté de acuerdo con su estilo de vida, pero lo respetaré como tu hermano. Ahora, ¿por qué estaba molesto contigo en primer lugar?"

"En realidad no fue nada. Me peleé con mis padres y les falté al respeto por primera vez. Incluso insulté a mi madre". Brianna se frotó la loción de arriba a abajo por sus piernas largas y en forma. "Craig estaba horrorizado. Dijo que nunca debería actuar como ellos; que debería haber mantenido la calma y haber sido respetuosa. Aunque mis padres pueden ser tan odiosos".

"Oh, maldición, eso es una locura. Aunque estoy seguro de que tus padres te perdonarán". Papá se sintió aliviado al saber que su preciosa Bella no había hecho algo con lo que no pudiera vivir. La besó en la mejilla y entró en la ducha de doble cristal.

"Eso te enseñará la próxima vez a no husmear en mi maldito teléfono", dijo Brianna en voz baja con una sonrisa de satisfacción.

"¿Dijiste algo, nena?" gritó papá desde el baño.

"¡No! ¡Estaba hablando sola!" le gritó Brianna mientras seguía vistiéndose.

No pasó mucho tiempo antes de que estuvieran de camino al hospital. Se detuvieron en una floristería local y Brianna cogió un ramo de margaritas. A papá le impresionó que hubiera cogido las flores favoritas de Dawn. Se sintió bien por llevar a Bella al hospital. Lo único que quería era que Dawn se despertara. Le dolía verla allí. Dejar a su niña en la fría habitación del hospital era algo que le molestaba constantemente.

Llegaron al hospital y Brianna se alejó del mostrador mientras papá se registraba. Dijo que tenía que ir al baño. Se reunió con papá en el ascensor. Subieron al décimo piso y se bajaron. Brianna estaba nerviosa. No había planeado estar tan cerca de Dawn tan pronto. Deseó tener algo para poner en la vía de Dawn para matarla, pero todo lo que tenía eran algunas margaritas.

Entraron en la habitación y Dawn seguía sin responder. Papá pareció inmediatamente decepcionado. Brianna le agarró la mano y la apretó.

Papá la abrazó. Se sentó en una silla junto a Dawn y le besó la mejilla.

"Estoy aquí, cariño. Sigue luchando ahí dentro. Estoy esperando que vuelvas a mí".

Brianna se quedó de pie junto a ella, mirando sin siquiera parpadear.

"Sr. Jerome, justo el hombre que estaba buscando", dijo el Dr. Smidget al entrar. "¿Cómo se encuentra hoy? Veo que esta vez le acompaña algún apoyo". Le dedicó a Brianna una suave sonrisa.

"Hola, doctor. Sí, esta es mi amiga Bella. ¿Alguna novedad sobre la evolución de Dawn?"

"Hablemos en el pasillo. Encantado de conocerte, Bella".

Brianna estrechó la mano del médico y vio cómo papá y el Dr. Smidget salían de la habitación. Se acercó a Dawn.

"Oye, zorrita malvada. Apuesto a que no esperabas escuchar mi voz en tu pequeña mente enferma. Sé que estás ahí porque he vuelto a tener pesadillas. No te preocupes, no te dejaré vivir. Como dispararte no ha funcionado, voy a cortarte la puta cabeza y enviársela por correo a tu precioso papá, al que, por cierto, me estoy tirando. Su polla es tan buena, también. Me encanta sentarme en la polla de tu papá. Cada vez que me lo follo, le hago decir mi nombre, y pienso en ti.

Se inclinó cerca y susurró en el oído de Dawn. "Incluso he pensado en quedarme embarazada, pero no me gustaría tener un hijo malvado como tú o Damien. ¿Tienes miedo? ¿Puedes oírme, perra? Voy a por ti, y esta vez no la voy a cagar".

Brianna oyó la puerta abrirse y retrocedió.

"Mira quién ya no se hace la tímida", dijo papá.

"Sólo tuve que rezar una rápida oración por ella. Es todo lo que sé hacer en un momento así. Jerome, esto es mucho para ti. Es mucho para mí, y ni siquiera la conozco. Esperemos que todo esto termine pronto".

"Bueno, el Dr. Smidget finalmente me dio buenas noticias. Dijo que Dawn tuvo actividad cerebral ayer. Así que ahora puede despertarse cuando su cuerpo lo desee". Se frotó la frente, sin poder creer su fortuna. "Es la mejor noticia que he tenido desde que ocurrió esto hace una semana".

"¡Es una gran noticia!" Dijo Brianna, fingiendo estar contenta. "¿Estás listo? Vamos a comer. Tal vez cuando vuelvas mañana, ella estará despierta".

"¿No sería eso algo?" Preguntó papá con la mayor sonrisa en su rostro. Salieron de la habitación cogidos de la mano.

"Oh, mierda", dijo Brianna, buscando en sus bolsillos y bolso. "He olvidado mi teléfono. Deja que vuelva a la habitación y lo coja".

Papá se sentó al lado del ascensor. "Está bien, nena. Pero date prisa, me muero de hambre".

De vuelta en la habitación del hospital, Brianna se inclinó de nuevo hacia Dawn. "Una cosa más, pequeña perra podrida: Tengo a Damien. Craig también está de mi lado. No tienes a nadie. También pondré a tu padre en tu contra. Ojalá tuviera tiempo para asfixiarte con esta almohada, pero te mereces algo mucho peor. Te estaré esperando, niña Danny".

"Eso fue rápido", dijo papá cuando Brianna regresó. "¿Lo encontraste?"

"¿Encontrar qué?" Preguntó Brianna, distraída y molesta.

"Tu teléfono, loca. ¿Lo encontraste?"

"Oh, sí, lo encontré. Gracias. ¿Estás listo?"

"¿Estás bien? Pareces apagada. ¿Algo te ha molestado?"

Brianna se llevó una mano a un lado de la cabeza. "Estoy bien, Jerome. Sólo me he mareado un poco. Probablemente necesito comer".

Entraron en el ascensor. Bajaron un piso y dos hombres entraron en el ascensor.

"Jerome, cuánto tiempo sin verte", dijo el detective Ross, tendiendo la mano para un apretón de manos.

"Hola, Ross, hombre", dijo papá mientras estrechaba la mano de la detective Ross. "Cariño, este es el detective del que te hablé. Es el que me encerró y volvió para liberarme. Una locura, ¿verdad?"

"Hola. Me alegro de que haya conseguido liberar a Jerome. No sé qué sería de mi vida sin él. Encantada de conocerte", Brianna le dio un apretón fuerte y reconfortante a la mano de papá.

"Me resultas muy familiar", dijo el detective. "¿Cómo te llamas?"

"Bella", declaró Brianna con indiferencia. "¡Bueno, esa es nuestra parada!" Salió corriendo del ascensor. El detective Ross puso el pie en la puerta para impedir que el ascensor se cerrara.

"Conozco muy bien tu cara", insistió el detective Ross. "Es una cara que he mirado muchas veces, pero ¿de dónde?".

El ascensor empezó a pitar.

"No estoy segura, señor, ni soy de Detroit", respondió Brianna mientras ella y papá empezaban a alejarse. "Que tengan un buen día, caballeros".

"¡Maldita sea, eres una malota!" dijo papá con una voz vergonzosamente alta. "¡Eso es! No hablamos con los malditos policías. Me gusta cómo lo has dicho, *caballeros*. ¡Así es como se maneja a las perras! Chica, estás llena de sorpresas".

"¡No tienes ni idea!" Dijo Brianna.

7
EL TURNO DE DAMIEN

Llevaba dos días perdiendo el conocimiento. Supuse que habían sido dos días porque había visto el sol al menos dos veces. Estaba deshidratado, y estaba bastante seguro de que mi cuerpo pensaba que se estaba muriendo. Es un desastre dejar a alguien solo en la oscuridad.

Aluciné mucho. Nunca había pasado tanto tiempo solo. Mis pensamientos se volvieron aleatorios y peligrosos. Me había autosaboteado. La probabilidad de que alguien me encontrara era escasa o nula. Mis emociones habían pasado de la ira a la compasión. Quería que alguien me ayudara. Quería tapar mi cuerpo expuesto. Llevaba días congelado y desnudo. Al menos ya no me dolía el pene. No sabía si eso era algo bueno o malo. Perder la sensibilidad podía significar que ya no funcionaba, o tal vez mi cuerpo estaba estresado porque no había tenido comida ni agua. Esto era peor que cómo había tratado a Sheryl. Al menos la había alimentado. Es decir, era comida para gatos y agua para el baño, pero no la dejé morir.

Me oriné dos veces, pero por suerte no había tenido que defecar. En realidad, no había comido nada desde que estaba en la cárcel: Craig y yo nunca fuimos al restaurante del hotel. Me decía a mí mismo que los religiosos ayunaban todo el tiempo, así que estaría bien. Mi mente se deterioraba por momentos.

Todo se volvía cada vez más extraño. Seguía teniendo ganas de abrazar a mamá. Empezaba a sentirme obsesionado con ella. Pensaba en ella mañana, tarde y noche.

Oí un portazo. Sentí una bola de emociones. Me alegré de que hubiera alguien más en la casa; esperaba que fuera Craig y no Brianna. Sólo pensar en Brianna me hacía enfadar. Sabía que tendría que ser tranquilo y educado para conseguir algo de comida o algo de ella, pero por dentro estaba furioso.

"¡Eh, pichi! Awww, pareces decepcionado. ¿Esperabas que fuera Craig?"

Brianna llevaba un traje amarillo de Armani que le

quedaba perfecto. Se había dejado la blusa de seda parcialmente desabrochada y, por alguna extraña razón, eso me llamó la atención. Ella era un encanto, y era difícil no notarlo, incluso para un hombre gay. Su belleza y estilo eran innegables.

"Hola, Brianna. Honestamente, no me importaba quién era, sólo estoy feliz de que no me dejaran morir aquí".

"Siento haber tardado tanto en volver a ti. Estaba ocupada follando con tu padre". Se rió mientras se acercaba con una botella de agua. Mi garganta hizo un baile de alegría con la esperanza de conseguir posiblemente algo de agua. Vertió casi toda la botella en el suelo y se rió.

"Brianna, necesito agua. Por favor", le supliqué ignorando por completo lo que había dicho sobre acostarse con papá.

"Te estás convirtiendo en una pequeña perra. Siempre lloriqueando y quejándote. ¿Dónde está el Damien duro, eh? El que torturaba a los gatos y toda esa mierda cuando éramos jóvenes. El que me violó. Ese es el que quiero torturar. Este hombre débil que se sienta ante mí es un marica, y no me gusta".

"Brianna, necesito..." Empecé, pero ella me golpeó con la pistola antes de que pudiera decir más.

"¿Te he dicho que hables? Oh, olvidaste las reglas de nuevo. Definitivamente no puedes hablar si vas a

estar llorando y demás. Aquí, toma un poco de agua".
Ella vertió un chorro de agua en mi garganta. Me
atraganté y bebí todo lo que pude. Levanté la mano
para hablar y ella me dio permiso con un movimiento
de cabeza.

"Entonces, ¿cuándo me vas a liberar?" pregunté.

"¿Cómo se llama tu tía?" preguntó Brianna,
cambiando de tema.

"Sheryl. ¿Por qué?"

"No me preguntes por qué. Este es el plan; te daré
el alta hoy mismo. Es demasiado pesado seguir
viniendo a ver cómo estás. Dawn se despertará
pronto. Necesito que la convenzas de que se quede
en casa de tu padre cuando salga del hospital. Dile
que lo sientes por todo y que no volverás a cruzarte
con ella. Sólo necesito que la lleves a casa de tu padre
para que se cure. Yo me encargaré a partir de ahí".

"¿Cómo sé que no me vas a matar?"

"No lo sabes. Esta es tu única oportunidad. No
me traiciones y te dejaré vivir. En lo que respecta a
todo el mundo, todavía estoy desaparecida. Sólo hay
una persona que puede arruinar mi vida, y su nombre
es Dawn. La mataré y dejaré tu vida para siempre".

"¿Por qué la casa de mi padre? Me odia y nunca
me dejará entrar".

"Estoy trabajando en eso. Sólo tienes que hacer tu
parte".

"¿Así que simplemente me dejarás ir, y se supone que debo volver a mi vida como si todo fuera normal?"

"No, por supuesto. No me fío de ti. Te pondré en el maletero de mi coche mientras vuelvo a la ciudad. Craig tiene una habitación de hotel a su nombre; puedes ducharte, comer y vestirte. Tengo un teléfono para ti con el que te llamaré. No quiero que te encuentres con tu padre en el hospital, eso puede arruinar todo, así que espera mi llamada. Cuando llame, contesta tú. No olvides que tienes un chip dentro de ti. Conoceré todos tus movimientos".

"¿Y si no cumplo?"

"Simplemente te haré explotar, Damien. ¡No me importa! Llegaré a Dawn de otra manera. Si crees que lo del chip es un engaño, te recomiendo encarecidamente que lo reconsideres. Mi hermosa familia adoptiva tiene más dinero del que podrías contar. Eso nos da acceso a cosas que el público común ni siquiera conoce. Una cosa buena que salió de esto para Craig y para mí fue la riqueza. Por favor, no la subestimes".

Me tiró un traje cursi que debía ser de su padre.

"Me daría la vuelta y me vestiría, pero ya has visto cada centímetro de mí desnudo, así que realmente no es necesario", dije mientras me apresuraba a ponerme la ropa. Brianna no me quitó la pistola ni siquiera parpadeó.

"Bien, así es como va a ir esto. Subes los escalones

primero, abres la puerta y te metes directamente en el maletero. No intentes nada estúpido o recibirás una bala en la espalda".

Me monté durante dos horas en el maletero del coche. Era el mismo pequeño Honda coupé que había visto siguiéndonos a Craig y a mí cuando supuestamente olvidó su cartera. Sabía que no era el coche de Brianna porque era demasiado rica para ir en un Honda, así que supuse que era de alquiler.

El maletero era estrecho, oscuro y cerrado. Al cabo de un rato, empecé a oír hablar a la gente y me di cuenta de la charla habitual de la calle. Me sentí aliviado. Sabía que estaba de vuelta en la ciudad. Sabía que Brianna no me iba a dejar en una cuneta. Brianna metió el coche en un callejón alejado de las calles principales.

"Bien, Damien. Ahora es cuando empezamos a confiar el uno en el otro. No puedo arrastrarte a un hotel atado con una pistola en la espalda. Tendrás que conducir tú mismo hasta el hotel, y yo me sentaré en el asiento del copiloto, todavía con la pistola apuntándote. Tienes que empezar a llamarme Bella. No hay que cometer errores. Sólo Bella. Brianna está muerta. Una vez que lleguemos al hotel, te bajas y vas directo al penthouse. Aquí está la llave". Me entregó la llave de la habitación mientras yo estiraba mis doloridos músculos.

Conduje hasta el hotel y fui a la habitación, como había prometido. Era el mismo hotel que Craig y yo habíamos visitado antes. La habitación era preciosa. No podía creer que me hubieran puesto en una habitación de hotel tan bonita. Había comida ya preparada en la mesa: sándwiches, ensaladas de frutas, patatas fritas y bebidas.

Me zambullí directamente como un perro callejero. Casi perdí el apetito cuando percibí lo horrible que olía. Desde la mañana en que salí de la cárcel, no me había duchado y el olor a orina seguía pegado a mi piel.

Justo después de comer, me duché. Fue la mejor ducha de mi vida. En ese momento me sentí agradecido por todo. Me lavé los dientes unas cuatro veces antes de dirigirme finalmente a la cama. Sinceramente, ni siquiera tenía energía para intentar escapar. También creía que Brianna me había puesto un verdadero chip dentro. Dawn y yo le habíamos arruinado la vida; por supuesto, había invertido en algo para asegurarse de que estaba a salvo. También sabía que tenían dinero, así que no me iba a arriesgar a que me volaran la cabeza. En realidad, sólo quería tumbarme en el lujoso colchón e irme a dormir. Sin embargo, antes de que pudiera hacerlo, me fijé en un teléfono que descansaba sobre la cómoda, con una nota pegada.

Damien,

Aquí está el teléfono que prometí. Hasta ahora, he

mantenido mi palabra. Ahora asegúrate de cumplir la tuya. Odiaría ver a las amas de llaves limpiar semejante desastre. ¡Contesta este teléfono pase lo que pase! Mantenlo cargado. No salgas del hotel. Puedes pasear por el vestíbulo e ir al restaurante del hotel, pero repito, no salgas del hotel. Cualquier cosa que necesites, cárgala a la habitación. Hablaremos pronto.

Hice una bola con la nota y la tiré al suelo. Pensé en llamar a Craig para decirle lo que pensaba, pero ¿qué conseguiría con eso? Él ya pensaba que yo era un violador.

Me tumbé bajo las sábanas y empecé a masturbarme el pene dolorido. En realidad, no quería masturbarme; quería asegurarme de que todavía tenía sensaciones ahí abajo. Estaba demasiado dolorido como para saberlo, así que dejé de hacerlo.

Aunque estaba cansado, tenía demasiados pensamientos en mi mente como para quedarme dormido. Cogí el móvil y la llave de la habitación y salí de ella. Me senté en una zona agradable del hotel donde ofrecían copas de vino de cortesía. Un hombre blanco mayor estaba tocando el piano. Mi mente se sumió en una ensoñación.

Cada vez que pensaba en lo que me había pasado, me ponía furioso. No podía fingir que Brianna no me había torturado y me había dejado con el culo al aire y el vello púbico quemado. Empecé a preguntarme si me merecía lo que me había pasado.

Mi mente regresó al día en que vi la cinta amarilla alrededor de la casa del señor Ralph. Ese mismo día, papá me había dado una tremenda bofetada, y ese fue el momento que lo cambió todo. Esa violenta bofetada me animó a enviarlo a la cárcel por el asesinato del señor Ralph.

Entonces empecé a pensar en cómo Dawn y yo montábamos en bicicleta cuando éramos mucho más jóvenes. Mientras montábamos en bicicleta, un día perseguí a un gato con un palo y Dawn se limitó a mirar. Nunca dijo: "¡Damien, para! Deja al pobre gato en paz". Me dejó perseguir al gato, torturarlo, y justo cuando entré a matar, me dijo: "¡Para! ¿Qué te pasa?"

¿Qué le pasaba? ¿Por qué me dejó llegar tan lejos antes de decir algo? ¿Quién en su sano juicio vería a alguien torturar y golpear a un animal indefenso?

Alguien que lo disfruta, eso es lo que pensé.

8
BELLA VS BRIANNA

Brianna luchaba por mantener su nuevo estilo de vida. Se había convertido en una asesina, acostándose con un hombre mayor por venganza y decepcionando a su hermano. En secreto, Brianna se estaba enamorando de Jerome. Era guapo, con músculos y un pene placentero. Era un hombre varonil y excitaba a Brianna.

Pero papá conocía a Bella, no a Brianna. Había estado bajo arresto cuando Brianna desapareció, y nunca le había prestado atención antes de eso. Brianna sabía que él nunca la reconocería siendo mayor. En todos los años que ella y Dawn habían sido amigas, sólo había ido a la casa de Dawn una o dos veces, y nunca cuando Jerome estaba allí.

Durante sus años de amistad, Dawn le hablaba a menudo a Brianna sobre su padre, incluso revelando cómo pensaba que su madre no lo merecía. Dawn decía: "Que beba no significa que no sea astuto". Ella pensaba que su madre era estúpida y débil. "No es lo suficientemente mujer para papá", decía. Para Dawn, papá era un Dios.

Brianna también había caído en el encanto de Jerome. Era brillante, la altura perfecta, la complexión perfecta, y siempre olía bien. No había bebido nada desde que salió de la cárcel. Su ropa siempre le quedaba bien, y todavía tenía estilo, como los jóvenes. Sus camisas complementaban sus músculos. Su rostro no había madurado en absoluto. Tenía dos pequeños mechones de pelo gris en la raya del cabello izquierda. Aparte de eso, Jerome podía pasar fácilmente por un hombre de veintitantos o treinta y pocos años. También era divertido.

Brianna y Jerome se perseguían a menudo por toda la casa. Siempre tenía algo divertido que decir, y se animaba a contar historias. Su apetito sexual era más que satisfactorio para Brianna, y ella no podía creer su resistencia. Era mucho más experimentado que los chicos más jóvenes con los que había salido anteriormente.

Había momentos en los que Brianna se acostaba bajo Jerome y deseaba que él pudiera estar con ella en la vida real. Deseaba dejar de lado su papel de Bella y huir con Jerome. Quería dejar de esconderse y vivir de verdad. Quería abrazar a sus padres, salir con su hermano Craig y vivir en una gran casa con Jerome.

Pero, por desgracia, ese futuro era poco probable, dado su plan de matar al orgullo de Jerome, Dawn. También estaba el hecho de que los padres biológicos de Brianna conocían a Jerome del antiguo barrio y nunca aprobarían su relación.

Brianna había planeado contar la verdad a sus padres adoptivos. Temía el día en que tuviera que mirarlos a la cara y admitirlo todo. Siempre habían creído que sus padres biológicos eran unos monstruos. Había llegado a querer mucho a sus padres adoptivos. Siempre los habían tratado a ella y a Craig con puro amor desde el principio. Fue una crianza muy cariñosa.

Brianna se quedaba llorando muchas noches, echando de menos a su madre. Sólo quería correr a sus brazos y besarla. Echaba de menos los sábados de tortitas que tenían cada fin de semana. Su madre hacía las mejores tortitas. A menudo jugaban con su maquillaje y hablaban sobre chicos. No podía olvidar de dónde venía. Quería que sus padres volvieran a su vida, y deshacerse de Dawn era la única manera de conseguirlo.

Cuando el nombre de Brianna cambió a Bella, algo dentro de ella también cambió. Adoptó una nueva identidad en lugar de la dulce niña que había sido antes. Bella quería venganza. Bella no podía ser débil como Brianna, después de todo, miren a dónde la llevó eso: la llevó a ser violada y casi quemada viva. Si no fuera por Craig, Brianna estaría muerta, y por eso Craig significaba tanto para ella, incluso más que sus padres adoptivos. Mataría por Craig sin pestañear. Su corazón era puro y era una persona genuinamente amable y sincera. Se sentía mal por haberle hecho presenciar la tortura que le había hecho a Damien.

La única razón por la que Brianna había decidido dejar vivir a Damien era por Craig. Sabía que si mataba a Damien, Craig nunca la perdonaría y siempre la vería como un monstruo. Ese era un riesgo que Brianna no estaba dispuesta a correr. Así que, en contra de su buen juicio, dejó que Damien viviera.

Brianna se rió para sí misma, pensando en el chip falso que había colocado dentro de Damien. En realidad, no le había puesto nada en el hombro. Se limitó a abrirlo, a fingir que le había puesto algo en el hombro y a coserlo de nuevo. Damien tenía demasiado dolor como para darse cuenta del engaño.

Mientras cocinaba tocino en la cocina, Brianna se sumió en una profunda ensoñación en la que intentaba averiguar cómo mostrarle a Jerome quién era Dawn en realidad. Esperaba estúpidamente que papá viera a su hija tal y como era y pudiera perdonar de algún modo a Brianna por lo que iba a hacer. Sabía que era ingenuo ser tan optimista. Dawn era su hija, por el amor de Dios; por supuesto que no estaría de acuerdo con que su novia la asesinara. Por ahora, sin embargo, Jerome necesitaba saber cuán malvada era su hija, y Brianna averiguaría el resto como pudiera.

La grasa de tocino le salpicó el brazo, quemándola y sacándola de sus pensamientos. Apresuradamente, recogió el tocino quemado con una espátula y lo puso en un plato. Sobre el revuelto de los huevos en su bata de Versace, puede que no supiera cocinar ni una pizca, pero al menos se veía muy bien intentándolo.

"¡Cariño, ven a por estos huevos antes de que se enfríen!", le gritó a papá desde la cocina.

"Ya voy. ¿Me has puesto el café?"

"Sí, Jerome. Te he puesto el café asqueroso. ¿Algo más, mi rey?"

"No te hagas la lista". Papá entró y cogió su taza de café. "¿Dónde estuviste ayer después de tu reunión?"

"Tuve que hacer unos recados. ¿Por qué? ¿Me echaste de menos?"

Su voz se tornó repentina. "Me di cuenta de que tu coche estaba en el puerto, pero no estabas aquí. Entonces, ¿cómo hiciste los recados sin tu coche?".

"¿Por qué el interrogatorio? Usé el coche de mi empresa".

"¿El Honda?"

"¿Lo has visto?" Brianna estaba realmente

sorprendida.

"Sí, Bella. Una cosa de mí es que estoy alerta. Soy de la calle y veo y sé mucho". Frunció el ceño ante el tocino ennegrecido. "¿Ya has comido?"

"No. Te estaba esperando. Yo también estoy alerta. Presto atención a todo, así es como vi tu buen culo en la cafetería".

"Chica, estás muy verde. Eres rica y mimada, y estoy hablando de que realmente soy de la calle".

"Yo también soy de la calle. No siempre fui rica".

"¿No? Me dijiste que vivías en Beverly Hills antes de venir aquí, difícilmente en el Bronx".

"Por favor. Ni siquiera sabes por qué tipo de cosas he pasado".

"¿Como qué? ¿Perderme una venta de Chanel?"

"¡No, como cosas de la vida real!" Brianna tiró la espátula al fregadero y se alejó.

Papá parecía genuinamente sorprendido por su arrebato. "Lo siento, cariño. Sólo estaba bromeando. Sé que el hecho de que tuvieras dinero no significa que la vida fuera perfecta para ti. Es culpa mía por juzgar. ¿Quieres hablar de ello?"

"No, vamos a desayunar". Se sentó y clavó el tenedor en sus huevos revueltos. "Oh, mientras tenemos tiempo para hablar, realmente quiero que te divorcies. ¿No dijiste que tu esposa tenía una hermana?"

"Sí, Sheryl. ¿Por qué?"

"Quizá sepa dónde está su hermana. ¿Ha hablado alguna vez con ella?"

"No, Sheryl está loca. Ella pensó que yo quería que volviéramos en la secundaria". Papá hizo una pausa y reconsideró. "Pero sabes qué, podría no ser una mala idea. Dawn y Damien vivieron con ella durante un tiempo cuando yo estaba encarcelado. Ella podría saber si Sandy estaba saliendo con alguien".

"Bueno, ya que ella estaba enamorada de ti, creo que debería ir contigo".

"Awww, mi Bella está celosa. Eso es tan lindo". Papá tiró de Brianna en su regazo.

"No diré nada cuando vaya contigo. Me quedaré callada. Es hora de que nos informemos, para que podamos empezar a vivir libremente. Nunca me vi como la amante de alguien".

"Bella, déjate de tonterías. No eres mi maldita amante, ¡y odio cuando hablas así!"

"Cálmate, Jerome. Sólo lo digo". Ella le frotó los brazos para calmarlo.

"Puedes venir conmigo a la casa de Sheryl, y luego podemos pasar por el hospital para ver cómo está Dawn. Supongo que no tienes ninguna reunión de trabajo en sábado".

"No, no hay reuniones. Sin embargo, quiero

arreglarme las uñas de los pies y de las manos, y es mi único día libre. Así que después de ir a la casa de esta mujer, podemos separarnos hasta más tarde".

"De acuerdo, suena bien. No puedo esperar a que veas a Sheryl; te sentirás tan estúpida por actuar con celos". Papá se rió.

"¿Por qué no te has comido toda la comida?" preguntó Brianna mientras se levantaba para empezar a limpiar la cocina.

"Estaba un poco en el lado oscuro".

"Que te den, Jerome. Será mejor que empieces a comer mi comida porque estarás conmigo para siempre".

"¡Señor, mátame ahora!" Papá gritó de risa. Brianna le golpeó con el trapo de cocina y corrió antes de que él le devolviera el golpe. Papá agarró el trapo de cocina y empezó a enrollarlo para golpearle la pierna con él. La persiguió por toda la casa hasta que ambos cayeron sobre la alfombra, riendo y peleando.

"Te quiero, Jerome", dijo Brianna. "Pase lo que pase, por favor, recuérdalo siempre".

Antes de que papá pudiera responder, su teléfono empezó a sonar.

"¡Hola!", respondió, molesto. "Sí, ¿qué pasa?"

"Hola, Jerome. Habla el detective Ross. He estado pensando en tu amiga. ¿Te importa si te hago algunas preguntas?"

"¿Sobre qué?" preguntó torpemente papá, con la cara de Brianna a centímetros de la suya.

"¿Está ella ahí contigo?"

"Sí, pero realmente no tenemos nada que hablar. Estoy tratando de mantener mi vida libre de drama; ¿sabes?"

"Lo entiendo", respondió la detective Ross, "pero creo que querrá saber esto. ¿Podemos quedar hoy más tarde para comer? ¿Sólo tú y yo?"

"No, no me parece bien, tío".

"No me pareció bien decirle a mi capitán que me había equivocado y que había arrestado al hombre equivocado, por lo que tuve que retractarme de mi declaración original. Tampoco me pareció bien que me pusieran de guardia durante un mes mientras se celebraba tu juicio. Pero lo hice para ayudarte a salir en libertad, y sólo te pido un encuentro rápido".

"No estaba de acuerdo con que me condenaran falsamente. No intentes esa mierda de la culpabilidad conmigo, hombre. No debería haber sido arrestado en primer lugar. ¿Ahora quieres favores? Lo que sea que pienses que está mal, ¡no quiero escucharlo!" Papá terminó la llamada y tiró con rabia su teléfono a un lado.

"Joder, ¿quién era ese?" preguntó Brianna.

"El detective con el que nos topamos el otro día", dijo papá mientras se levantaba de la alfombra.

Brianna siguió a papá a la cocina. "¿Qué quería?"

"Alguna gilipollez sobre el pasado. Que se joda. Vamos a prepararnos".

Brianna se sentía incómoda, y en su interior sabía que el detective había llamado por ella. Todavía recordaba la cara de confusión que puso cuando ella y papá bajaron del ascensor. Quizá el detective la había reconocido por haber trabajado en su caso de desaparición o por haber visto las imágenes de seguridad del apartamento de Dawn. No se sabía.

Se vistieron y salieron hacia la casa de Sheryl. La casa parecía haber estado abandonada durante meses. El viejo porche estaba repleto de telas de araña, las sillas llenas de polvo y escombros, y el tapete cubierto de periódicos viejos.

Papá llamó a la puerta con fuerza. Cuando no pasó nada, volvió a llamar.

"Supongo que ya no vive aquí", dijo.

Brianna se asomó por la ventana delantera. "Nadie podría vivir aquí. Este lugar es un desastre".

"No conoces a Sheryl. La apariencia de este lugar no es lo que me tiene preocupado. Es el hecho de que toda su correspondencia está aquí sin ser tomada".

"¿Está muerta?" Sheryl gritó mientras abría la puerta principal. Llevaba una camiseta de gran tamaño de "Welcome to Orlando" y un par de pantalones holgados. Su poco pelo estaba enmarañado y sus dientes estaban manchados;

parecía frágil y agotada.

"¿Quién está muerta?" dijo papá, apartándose de la puerta mosquitera. "Casi no te reconozco. Veo que has perdido algo de peso".

"Sé que me veo bien. He estado haciendo ejercicio. Me refiero a esa diablilla tuya". Se giró y lanzó un chorro de humo a la cara de Brianna. "¿Y quién demonios es esta?"

"Esta es mi amiga Bella", dijo papá. "¿Te importa si entramos?"

"Diablos, sí, me importa. Que vengas a aparecer aquí después de todos estos años y con una puta. De todos modos, dije que no volvería a dejar entrar en mi casa a nadie con vuestra sangre. Pura maldad es lo que sois todos".

"¿Puta?" Dijo Brianna con frialdad.

"Cálmate, nena", dijo papá.

"Oh, ahora soy tu nena. Pensé que era tu amiga". Ella puso los ojos en blanco.

"¿Qué demonios quieren?" interrumpió Sheryl.

"Vamos, Sheryl", dijo papá. "No te pongas así. Sé que Damien está un poco loco, pero te aseguro que venimos en son de paz. Tengo que hacerte unas preguntas muy importantes sobre tu hermana".

"¿Quién ha dicho algo sobre Damien? Sí, es un poco gilipollas, pero es mejor que esa niña malvada a la que tanto quieres", dijo Sheryl. Sacudió la cabeza, espolvoreando con ceniza el nuevo par de Christian

Louboutin de Brianna.

Papá levantó las cejas. "¿Qué niña malvada? ¿Dawn?"

"¡Sí, Dawn! ¿Quién más? Esa pequeña zorra me quitó la voz. Estuve muda durante años. Sólo empecé a hablar de nuevo hace un par de semanas, así que asumí que había muerto. ¿Está muerta?"

"Sheryl, debes estar equivocada. Dawn no le haría daño ni a una mosca. Definitivamente no podría dejarte muda. ¿Estás segura de que Damien no es el que te hizo daño?"

"Diablos, sí, estoy segura. No me malinterpretes, Damien también es un individuo jodido. Pero no es nada comparado con ese demonio al que llamas hija. Me da un poco de miedo decir su nombre porque podría volver y atormentarme ahora mismo". Sheryl inhaló profundamente su cigarrillo recién encendido mientras su mano empezaba a temblar.

"¿Por qué tiemblas? Actúas como si Dawn fuera un monstruo o algo así. Estoy confundido, y claramente, tú también". Papá salió del porche. "Vamos, Bella, esto es una pérdida de tiempo".

"La verdad duele, ¿no? Te lo contaré todo, pero la próxima vez, ¿qué tal si sólo somos tú y yo?" La voz de Sheryl se había vuelto suave y seductora mientras se apoyaba en el marco de la puerta.

Brianna no podía creer lo que estaba escuchando.

"¿Estás coqueteandole? ¿Delante de mi cara?"

"No tengo que coquetear, pequeña. De todas formas, ¿cuántos años tienes?"

"No es asunto tuyo", exclamó Brianna.

"Oigan, señoras. Seamos todos maduros aquí". Papá miró directamente a los ojos de Sheryl. "Sheryl, ¿me ayudas?"

Sheryl abrió la puerta mosquitera y se puso a un lado.

La casa era un desastre. Favorecía una casa de acaparadores. Olía fatal, y realmente no había ningún sitio donde sentarse. En realidad, habrían estado mejor sentados en el porche. Sheryl cojeó para coger dos sillas extra del armario y se sentaron en la cocina.

"Gracias", dijo Brianna mientras cogía la silla plegable.

"Mmm-hmm", respondió Sheryl con sarcasmo.

Papá se sentó. "Gracias, Sheryl. Por favor, cuéntame todo".

"Bueno, ya sabes que se mudaron cuando fuiste a la cárcel, y esa chica desapareció. Creo que se llamaba Brittany o algo así. No, era Brianna. Lo recuerdo porque a menudo hablaban de ella, pero Sandy siempre les prohibía hablar de ella. Todo se fue al infierno en cuanto se mudaron". Sheryl se sirvió un vaso de cerveza de la botella de cuarenta onzas.

Papá asintió. "Sí, recuerdo la chica que

desapareció. Fue muy triste. A Dawn le costó aceptarlo; la chica era su mejor amiga. ¿Qué pasó después?"

El rostro de Brianna expresaba furia, pero trató de ocultarla mirando hacia otro lado. Era la primera vez que escuchaba a alguien referirse a ella como la *chica desaparecida*.

"Dawn estaba poseída. Nos controlaba a todos en la casa, incluida Sandy. Todas las noches, alrededor de la medianoche, hacía ruidos malignos. Nos aterrorizaba a todos. Damien no tenía idea de quién era Dawn, pero Sandy y yo lo sabíamos. Verás, al principio, Sandy pensaba que era Damien quien hacía daño a esa chica, pero Sandy vio algo que hizo Dawn, pero nunca dijo qué era. De la nada, Sandy y Damien se hicieron muy amigos, y ella empezó a evitar a Dawn".

"¿Qué? Esto no tiene sentido. ¿Por qué se fue Sandy, y por qué dejaría a sus hijos contigo?"

"Esa perra lamentable siempre se va. Se fue cuando nuestros padres enfermaron, y luego tuvo el descaro de enojarse porque me dejaron la casa a mí. Todo lo que hizo fue perseguirte".

Sheryl tomó un largo trago de cerveza. "De todos modos, déjame terminar. Dawn era malvada. Me empujó por las escaleras, me golpeó en el pecho, me pisoteó y me escupió en la boca. Tan pronto como grité, ella tomó mi voz de alguna manera. Igual que lo hizo con tu hermano Robby".

"¿Me estás diciendo que Dawn te hizo todo eso? ¿Qué le hiciste a ella?"

Sheryl encendió su tercer cigarrillo. "Ella me acusó de algunas cosas raras, pero todo estaba en su mente. Creo que también le hizo algo a la chica desaparecida".

"¿Qué te hace decir eso?" Preguntó Brianna.

"Cada vez que alguien mencionaba su nombre, Dawn se enfadaba en lugar de ponerse triste. Damien siempre tenía una mirada de arrepentimiento. Sandy siempre tenía una mirada de simpatía, pero Dawn tenía una mirada de satisfacción. No puedo explicarlo".

Brianna había empezado a moverse de un lado a otro"¿Qué clase de persona se sentiría realizada? Esa pobre chica era la hija de alguien".

"Sheryl, esto parece una mierda de película", dijo papá, molesto. "¿Por qué se fue Sandy?"

"¡Déjala terminar de hablar!" intervino Brianna. "¿Qué te hace pensar que Dawn le hizo algo a la chica desaparecida?"

"Cada vez que alguien hablaba de ella, podía ver cómo sus ojos se ponían rojos. Sandy se fue porque Dawn la obligó a irse. Sandy se levantó una mañana y preparó un gran desayuno para todos, y luego no la volvimos a ver. Lo admito, no era la persona más agradable para ellos, pero no soy mala; soy una buena mujer cristiana".

"¿Has sabido de Sandy últimamente?" Dijo papá. "Necesito encontrarla".

"No. Sandy llamaba de vez en cuando, pero luego dejó de llamar. También les envió dinero aquí durante un tiempo, pero luego también dejó de hacerlo. Odio decir esto, pero creo que... Oh, no importa". Apagó el cigarrillo en el cenicero.

"¡Dilo!" instó papá, inclinándose hacia delante en su silla. "¿Salía con alguien? Puedes decírmelo".

"No sé si salía con alguien. De todos modos, nunca me lo diría porque siempre la llamaba puta. Ella te robó de mí. Creo que algo malo pasó. No creo que se esté escondiendo de ti, creo que simplemente no puede contactar contigo".

"Sheryl, ella no me robó de ti. Nunca fui tuyo. Se suponía que mis amigos iban a darle mi número a Sandy, pero me gastaron una broma y te lo dieron a ti en su lugar".

"Entonces, ¿no te gustó nuestra conversación?"

"Pensé que estaba hablando con Sandy durante esos dos días, pero el día que pasé a recoger a Sandy para nuestra cita, eras tú. No quería herir tus sentimientos, así que te saqué de todos modos".

"Sí, sí, sí. Sabes que querías esto". Sheryl puso los

ojos en blanco ante Brianna.

"Entonces, ¿por qué crees que le pasó algo a Sandy? ¿Dónde crees que puedo encontrarla?"

"Primero, ¿está Dawn viva? No estoy segura de que pueda oír o no. Tiene poderes, y el Señor sabe que no quiero que esa chica malvada me moleste".

"Sí, está viva. Sin embargo, creo que estás realmente equivocada con respecto a ella. Damien me envió a la cárcel por un asesinato que no cometí; él es el manipulador. Tal vez te hizo creer que fue Dawn".

"No, no me equivoco, y ahora que sé que está viva, no voy a hablar más. Me ha demostrado de lo que es capaz y no quiero ser su próxima víctima. Ella sólo me dejó vivir porque necesitaban un lugar para quedarse. Por favor, vete ahora". Sheryl se levantó de su silla.

"¿Puedo hacer algunas preguntas más?" Preguntó papá.

"¡Vete a la mierda!" gritó Sheryl mientras señalaba la puerta.

"¿Ves? Sigues estando igual de loca. Por eso no tienes un hombre".

"Eso puede ser cierto, pero tu hija es una asesina en serie, y tú eres demasiado tonto para saberlo. Estaré loca, pero estaré viva. Ahora, ¡lárgate de mi casa!"

Papá y Brianna se fueron. Se sentaron en el coche

en silencio. Brianna miraba su teléfono para evitar el contacto visual. La pierna derecha de papá seguía temblando. Brianna le puso suavemente la mano en la rodilla. Los dos estaban mentalmente perturbados, y era una sensación incómoda para ambos. A Brianna le entristeció al instante la forma en que la gente hablaba de la niña desaparecida. Le hizo pensar en sus padres y en todo lo que debían haber pasado. Se le rompió el corazón al pensar en su madre buscándola todos los días. Sabía que su desaparición había destruido a sus padres. También sabía que sus padres nunca dejarían de buscarla.

Papá, por otro lado, era un completo desastre. Todo lo que Sheryl le había contado sobre Dawn le perturbaba el alma. Inmediatamente se puso a pensar en la llamada anónima que había recibido. Se preguntó si habría algo de verdad en lo que la gente decía. Inmediatamente desechó la idea. La llamada anónima era probablemente de Sheryl.

Brianna y papá se quedaron pensativos. Papá reflexionó sobre cómo cada vez que algo iba mal, Dawn parecía estar involucrada. Repasó toda su vida en su mente.

Mientras tanto, Brianna reflexionaba sobre cómo Dawn había destruido su vida y pensaba en que tendría que matarla más pronto que tarde.

De repente, papá apartó el coche hacia el arcén de

la carretera, y los sacudió a ambos.

"¿Qué demonios, Jerome?" preguntó Brianna.

"Sabía que no debía ir allí. Sheryl es una perra tonta. Esa mierda acaba de arruinar mi día". Se desabrochó el cinturón de seguridad y se encorvó en su asiento.

La voz de Brianna era suave y gentil. "Jerome, quizá deberías escuchar algunas de las cosas que ha dicho. Quizá sean cosas que no sabes de tu hija".

"Bella, ¿hablas en serio? Ese bicho raro acaba de decir que Dawn es una asesina en serie. ¿Cómo voy a escuchar una mierda como esa?"

"Bueno, Jerome, alguien intentó matarla dos veces en un mes. Quizá esté metida en cosas que tú no conoces".

"¡Joder! ¡Estoy tan enfadado ahora mismo, y tú no estás ayudando! He conocido a Dawn toda su vida. La tuve en mis brazos durante horas cuando nació. Creo que sabría si es capaz de las cosas que Sheryl la acusó de hacer. Simplemente no puedo imaginarlo".

"Lo siento. A mí tampoco me gustaba mucho Sheryl, pero parecía aterrorizada. Por alguna razón, le creo".

"¿Así que le crees a una perra fumadora de cigarrillos, bebedora de cerveza y cabeza de chorlito que acabas de conocer? ¿Por encima de mi juicio?"

"Jerome, creo que estás tan molesto porque en el

fondo, crees que hay algo de verdad en lo que dice. En el fondo, sabes que las cosas estaban mal con Dawn".

"¡Vete a la mierda, Bella! Eso fue un golpe bajo. Eres igual que todos los demás. Bueno, el detective Ross tenía una mierda que contarme sobre ti. ¿Me subí al carro para escuchar malas noticias sobre ti, o lo mandé a la mierda? Sé todo lo que necesito saber sobre ti, y sé todo lo que necesito saber sobre Dawn. No dejo que la gente hable mal de la gente que quiero. Dejémoslo así".

"Vale, bien. No diré nada más sobre tu hija. Déjame en la oficina; prefiero trabajar horas extras que pasar otro minuto contigo".

Se dirigieron al lugar de trabajo de Brianna en silencio. Era un trabajo falso; Brianna no trabajaba realmente en ningún sitio. Sus padres adoptivos seguían cubriendo todas sus necesidades. Papá y Brianna acababan de tener su primera gran pelea, y ambos querían reconciliarse ya.

Brianna no podía creer lo mucho que quería a papá. La volvía loca y su tono agresivo la excitaba. Ella realmente quería decir: "Suelta esa ropa y ven a cavar en este coño con esa polla dura y caliente". En cambio, fingió que seguía enfadada. Salió del coche y cerró la puerta. Después de que papá se alejara, se dirigió a una cafetería situada a una manzana de distancia. Brianna se dio cuenta de que no había hablado con Damien ese día, así que decidió llamarlo mientras se sentaba en una mesa a tomar un capuchino.

"¡Hola, chico Danny! ¿Te estás portando bien?"

"Hola Brianna, quiero decir, Bella. Sí, ¡claro que me estoy portando bien! Estoy atrapado en un hotel. ¿Qué podría estar haciendo? Me siento como si hubiera vuelto a la cárcel".

"Deja de quejarte. Estaba pensando que tal vez debamos avanzar un poco más rápido. Dawn se despertará pronto, según su médico. Quiero que la visites en el hospital".

"¿Y qué pasa si mi padre está allí?"

"Sí. En realidad, quiero que llames a Dawn al hospital, para romper el hielo. Está en la habitación 706. Te diré cuándo hacer la llamada".

"¿Qué debo decir?"

"Cuando te diga que llames, te disculparás por todo. Dile que tu vida es un desastre sin ella, y que quieres empezar a reconstruir vuestra relación".

"Dawn no es estúpida. Nunca me creerá".

"¡Haz que te crea! Me tengo que ir. Mantén el teléfono cargado. Volveré a llamar en breve".

Mientras Brianna colgaba el teléfono, llegó su camarero. "¿Quiere un menú, señorita?"

"Claro, y ¿puede subir el volumen, por favor?". Brianna asintió a la televisión.

Hoy en Detroit, hemos tenido tres tiroteos en una fiesta de barrio cerca del barrio de Fishkorn. No hubo víctimas mortales.

Lamentablemente, el cuerpo de una mujer afroamericana fue encontrado en el río Detroit. Parecía haber estado en el agua durante bastante tiempo. La policía acaba de revelar su identidad como Sandy Scott, de cuarenta y dos años, madre del acusado Damien Scott. Damien fue detenido recientemente por el asesinato de Ralph Jones y la desaparición de Brianna Scottsdale. Muchos de ustedes recordarán a Brianna Scottsdale. Aparentemente, nunca fue encontrada.

La policía pide que cualquier persona que tenga información sobre la muerte de Sandy Scott se ponga en contacto con el Departamento de Policía de Detroit llamando al 555-992-0000

9

EL TURNO DE VANESSA

Estoy harto de estar sentado en este hotel. Lo primero que tengo que hacer es averiguar todo lo que pueda sobre el chip que Brianna me puso en el hombro. Fui a la sala de ordenadores del hotel y busqué todo lo que había en internet sobre los chips bomba. No encontré nada. Sin embargo, encontré algo de información sobre chips que rastrean la ubicación de una persona. Según mis investigaciones, las bombas eran mucho más complejas y, sin cables, era casi imposible desarmarlas. Si me equivocaba, me costaría la vida. Pero era un riesgo que tenía que estar dispuesto a correr, porque de ninguna manera dejaría que Brianna fuera mi dueña de por vida.

Empecé a buscar todo lo que pudiera sobre Brianna. Busqué su nuevo nombre, Bella Simms, más de cien veces y no encontré nada. Investigué la familia adoptiva de Craig. Sobre el papel, su familia parecía perfecta. El padre adoptivo de Craig era dueño de muchas propiedades inmobiliarias. Mientras recorría las numerosas propiedades, una dirección en particular sobresalía: la dirección del hotel en el que me encontraba en ese momento.

La primera vez que vinimos a este hotel de lujo, Craig había dicho que se había dejado la cartera. Pero si su padre era el dueño del hotel, podría habernos conseguido una habitación. Craig me había mentido. ¿También me había tendido una trampa, llevándome a propósito a la cabaña para que me torturaran? Tal vez Brianna tenía algo sobre él y lo estaba chantajeando.

Sea cual sea la razón, estaba muy decepcionado. De repente tenía sentido por qué me habían puesto en una de las habitaciones más lujosas de todo el hotel. Eran los dueños del hotel, una habitación lujosa no era nada para ellos. Esta información era crucial porque podía ayudarme a salir de esta situación. Imagina que las acusaciones de un asesino se mantengan cautivas en el más lujoso hotel de cinco estrellas. Por ahora, me guardaría esta información para mí. Podría necesitarla más tarde para chantajear a la familia Simms.

Cuando me quedé sin cosas que investigar, me aburrí enormemente. Me lavé literalmente los dientes diez veces y luego paseé por el hotel admirando las lujosas obras de arte que colgaban de las paredes. Inicié conversaciones al azar con el personal de recepción. Me daba asco fingir que me importaban sus nietos o cualquier tema del que hablaran. Disfruté de las comidas de cinco estrellas, que siempre estaban recién cocinadas y llenas de sabor.

Alrededor de la happy hour, la zona del bar se volvió un poco interesante. Servían bebidas gratis de la casa para todos los huéspedes. No perdí el tiempo, bebiendo sólo lo mejor y cargándolo en la lujosa habitación que era mi prisión. Después de un rato, decidí vestirme e ir a la zona del salón.

No me había levantado pensando que ese día sería muy diferente al anterior, pero nada más lejos de la realidad. Mi vida cambiaría drásticamente después de ese día, y nunca volvería a ser el mismo ser humano. Estamos cambiando constantemente sin saberlo. Nuestras células rejuvenecen, nuestra piel se pela y el cambio es inevitable. Este cambio sería para peor. La última vez que había sufrido un cambio significativo fue cuando murió el Sr. Ralph. Me sentí mentalmente confundido y amargado. Ahora estaba ocurriendo algo parecido.

Me senté en la encimera de mármol del bar y pedí un chupito de Don Julio 1942 de cuarenta dólares. Echando un vistazo a la sala, me fijé en una impresionante mujer sentada sola al final de la barra, mirando la televisión. Era la misma mujer atractiva que había visto cuando estuve aquí con Craig la última vez. No podía creer que siguiera aquí como invitada. No esperaba volver a verla.

Mientras la observaba, se pasó el pelo por detrás de la oreja. Me excitó al instante, no sexualmente, pero sí de una forma placentera que me hizo sonreír. Algo en el movimiento de mover el pelo de forma sensual me excitaba. Estudié su oreja, que parecía tener un pendiente de diamante de dos quilates. Mostró una dentadura perfecta al camarero, y al instante necesité saber quién era.

Tenía que conocerla esta vez. No podía dejarla escapar de nuevo. Le envié una bebida y la puse en la cuenta de mi habitación. Aparté la vista, mirando al extremo opuesto de la barra, donde un tipo blanco y gordo con una barriga que se le salía de la camisa compartía en voz alta su opinión sobre algún equipo deportivo. Me senté en silencio, observando la sala.

De repente, mi visión de la mujer se vio bloqueada por un apuesto hombre negro que acercó una silla para sentarse a mi lado. Llevaba un corte de pelo fresco y un traje hecho a medida a la perfección. No pude saber si era gay, bisexual o simplemente afeminado. Tras una rápida conversación supe que su sexualidad me sería revelada. Los hombres homosexuales tenemos nuestro propio lenguaje. Podemos distinguirnos por el lenguaje corporal, la elección de palabras y la conversación.

"¿Está ocupado este asiento?", preguntó el tipo alto y guapo. Al instante me fijé en su anillo de bodas.

"Ahora sí", respondí.

Gracias, tío". Se aflojó la corbata. "¿Qué te trae por aquí?"

"Vengo a hacer un trabajo para un socio", respondí simplemente. Ya me molestaba que estuviera casado, y ahora parecía que también era un hablador.

"Estoy a cargo de todos los Bancos del Sol en esta costa. Es un verdadero dolor de cabeza. Tengo que volar por todas partes para cuidar a los malditos idiotas. La gente no puede hacer la mierda más simple". Levantó la mano para llamar al camarero.

"¿Qué estás bebiendo?" Le pregunté. "Yo invito". Miré hacia el final de la barra para asegurarme de que la misteriosa mujer no se había ido. Me alivió ver que seguía allí, pero ahora había alguien sentado a su lado, y me bloqueaba parcialmente la vista.

"Gracias, tío. La próxima la pago yo". Se dirigió al

camarero. "Tomaré un trago doble de crown royal y un club soda".

El joven y apuesto director de banco no perdió el tiempo y me contó toda su vida, incluyendo todas las simpáticas anécdotas de sus mocosos hijos. No me interesaba su vida y ni siquiera me molesté en preguntarle su nombre. Su voz empezaba a enfadarme y sentía que perdía el control.

"¡Puta engreída!" Escuché a un hombre gritar al final de la barra. Todo el salón miró en su dirección.

"Señor", dijo el camarero, "tiene que irse. Aquí no se habla así a las mujeres".

"¡Que os den a ti y a ella!", le gritó él.

"¿Cuál es el problema?" pregunté, ahora de pie frente a la impresionante mujer que parecía aterrorizada por la agresión del tipo.

"Estás a punto de ser mi problema si no te metes en tus malditos asuntos. Le pedí a esa zorra engreída su número después de invitarla a tres copas". Eructó antes de continuar. "Tuvo el descaro de decirme que no da su número, ¡pero seguro que no le importó beberse todo mi maldito dinero!"

"No es tan grave", dijo la mujer. "Estás siendo extremadamente irrespetuoso. Supongo que los hombres de Detroit fueron criados por lobos. Aquí tienes cien dólares, que deberían cubrirte a ti y a mis bebidas". La mujer le lanzó varios billetes.

El tipo levantó la mano para abofetearla. Le cogí

la mano y le di un puñetazo con todas mis fuerzas. Lamentablemente, no cayó al suelo como en las películas, pero antes de que pudiera devolverme el golpe, el personal lo sacó a rastras.

"¡Muchas gracias!", me dijo la mujer. "Ha sido un gilipollas. Por cierto, soy Vanessa. Por favor, siéntate, al menos puedo invitarte una copa".

Se sentó de nuevo en su asiento y cruzó las piernas con elegancia. Me intrigó su estilo. Estaba lo suficientemente relajada como para permitir que su camisa colgara sin esfuerzo de sus hombros, pero con la suficiente clase como para mostrar sólo una pizca de escote.

"Sólo si puedo darte mi número", dije mientras acercaba una silla. "Ese es el precio que se paga por un trago en estos días".

Se rió y su sonrisa se borró al verme bien. Había olvidado lo mal que me veía. No fue hasta que frunció el ceño con preocupación que recordé los moretones que Brianna había dejado cuando me golpeó con la pistola.

"Siento preguntar", dijo, "pero tengo curiosidad. ¿Qué te ha pasado en la cara? Pareces un tipo guapo bajo esas cicatrices. Perdona si me entrometo". Cogió su vaso y bebió un sorbo, esperando a que le contestara.

"Estaba en el lado equivocado de la ciudad para encontrarme con un cliente y me asaltó una banda.

Me dieron una buena paliza, por lo que me alegré de que el personal del hotel viniera a por ese tipo antes de que las cosas se pusieran feas. Ahora mismo no soy capaz de defenderme, ni de defender a nadie".

"Y aún así te arriesgaste a otra paliza por mí. Eso merece otro trago". La voz de Vanesa estaba un poco alterada.

"En realidad, ya he llegado a mi límite. Mi padre era un horrible alcohólico, así que la bebida no es lo mío".

"Bueno, gracias por la copa que me has traído antes. Nunca hice contacto visual contigo para darte las gracias".

"No hay problema. Me olvidé de presentarme. Soy Damien. Pensé que eras la mujer más guapa de aquí, y dije que cuando llegara al bar, invitaría a la mujer más atractiva a una copa en cuanto me sentara. Recorrí la sala y tú fuiste la afortunada ganadora".

Me reí. Ella también se rió. Olía deliciosamente, como un baño de rosas. Su perfume floral no era ni demasiado fuerte ni demasiado débil. Estaba en su punto.

Mirando los vasos vacíos en la barra del bar, dijo: "Probablemente debería haber parado hace tres copas, pero he perdido el mayor negocio de mi carrera, así que qué más da. Odio Detroit y me alegraré mucho de coger mi vuelo mañana por la noche".

"Eso me entristece, significa que no volveré a verte". Fingí hacer un mohín.

"Oh, para. En realidad me alegro de que hayamos tenido esta charla. Seguro que ha sido entretenida". Vanessa sonrió mientras tomaba otro sorbo de su bebida.

Me di cuenta de que lo estaba sintiendo porque una pequeña gota de alcohol se le escapó del labio y cayó sobre su camisa. Normalmente, esa dejadez sería una desventaja, pero en su caso, era realmente bonita.

No sabía cuáles eran mis intenciones con esta mujer. Al principio, me aburría y me atraía. No sabía lo que haría si la tuviera en mi habitación. ¿La violaría o simplemente la dejaría estar? Tal vez podría ser normal y simplemente permitir que se durmiera en mi cama y no volver a hablar con ella.

Mi mente se agitó, pensando en futuros actos. Vanessa siguió hablando y yo caí en una profunda ensoñación. No tenía ni idea de lo que estaba diciendo; simplemente me senté y admiré cómo se movían sus labios con su perfecto tono de carmín rojo oscuro. La vi colocarse el pelo detrás de la oreja cada vez que se le caía de su sitio. Eso me excitaba. Siempre me he encaprichado con el pelo de las mujeres. Admiré cómo esta mujer sabía exactamente cuándo su pelo estaba fuera de lugar y lo arreglaba inmediatamente. Era pura clase a mis ojos. Yo había intentado enseñar a Dawn ese tipo de clase, pero nunca lo consiguió. Nunca olvidaré la mirada de Vanessa cuando la conversación se fue al infierno.

"Es muy triste lo que le ha pasado a esa señora", dijo, dando un sorbo a su vodka con arándanos "Hay gente muy loca por aquí".

"¿Qué señora?" Pregunté.

"La señora que ha salido en todas las noticias. Su cuerpo fue encontrado en el río Detroit. Odio ver morir a nuestras mujeres negras. Me da asco". Vanessa sacudió la cabeza con tristeza.

"Eso es triste. Nunca se sabe cómo es la gente, ¿sabes?" Le devolví el gesto con la cabeza.

"Sin embargo, estoy a salvo contigo, ¿verdad?". Vanessa sonrió, moviendo las pestañas.

"Bueno, por supuesto. Soy un caballero y sólo estoy disfrutando de tu compañía, nada más". Por extraño que parezca, esta era la verdad.

"Ahí va", dijo Vanessa, concentrada en la televisión. "Esa es la mujer". Miró al camarero. "Señor, ¿puede cortar eso, por favor?" Se inclinó hacia delante con entusiasmo.

Levanté la vista y fue entonces cuando vi el rostro de mi hermosa madre en las noticias de la noche. Mi corazón se desplomó; puede que incluso se haya saltado algunos latidos. Sentí como si alguien me hubiera metido la mano en el pecho y me hubiera apretado el corazón. El dolor era peor que cualquier cosa que hubiera sentido antes.

De repente, me sentí pesado. No sabía si el taburete podría sostenerme. La televisión mostró tres imágenes de mamá y, finalmente, una imagen mía. Decían que yo era el hijo de la víctima, que había sido condenado por el asesinato y la desaparición de Brianna.

Sentí los ojos de Vanessa sobre mí. Me miraba como si fuera un monstruo, al igual que otras personas que estaban en el salón. Estaba expuesto y las lágrimas llenaron mis ojos por la pérdida de mi madre. Había perdido a la única persona que me había querido de verdad. Se hizo un silencio incómodo, y no pude escapar de la habitación lo suficientemente rápido.

"Siento la pérdida de tu madre", dijo en un tono cauteloso y temeroso. "Por la expresión de tu cara me doy cuenta de que te acabas de enterar. Por eso, lo siento mucho. Por otro lado, por favor, no me digas nada más".

"Yo no hice esas cosas. Me condenaron falsamente".

"Por favor, no lo hagas. Simplemente no lo hagas. Supongo que ahora sé lo que realmente te pasó en la cara". Vanessa se levantó y se alejó.

Quise masacrarla allí mismo. Alguien tenía que sentir mi dolor. Qué insensible era esa perra. Acababa de perder a mi madre.

Me levanté para ver en qué habitación estaba. Sabía que no era un objetivo inteligente porque todo el mundo me había visto hablando con ella e incluso me había metido en una pelea de bar por ella. Sin embargo, está claro que no estaba pensando, porque continué siguiéndola. Al final se dio la vuelta y me vio. Antes de que pudiera decir nada, pulsó rápidamente el botón del ascensor y atravesó las puertas, que se cerraron tras ella al cabo de unos instantes. Vi cómo se iluminaban los pisos, hasta que finalmente se detuvo en el undécimo. Me apresuré a coger el siguiente ascensor y me topé inesperadamente con Craig.

"¿Qué estás haciendo aquí?" Pregunté.

"Estoy aquí por ti. Acabo de enterarme de lo de tu madre y he venido corriendo. ¿Estás bien?" Se acercó a mí, pero no lo suficiente como para parecer sospechoso o atraído por mí.

"Claro que no, no estoy bien. Estaba a punto de asesinar a alguien y tú lo arruinaste. Como tú lo arruinas todo". Estaba tan abrumado que ni siquiera me di cuenta de lo que estaba diciendo.

"A punto de asesinar a alguien. Muy buena". Se rió nerviosamente. "Damien, tienes que saber que no tuve nada que ver con lo que te hizo Bella, nunca había visto ese lado de ella".

"No te creo", respondí con frialdad. "Creo que sabías que Brianna estaría allí, y no puedo confiar en ti. Lo que sea que hayamos tenido entre nosotros antes está hecho. Estás muerto para mí, igual que mi madre".

"¡Maldición! Pero he estado aquí para ti a través de todo. Fuiste acusado de asesinar a mi padre, de secuestrar a Bella e incluso de violarla. Aún así vine a ver cómo estabas. No importaba lo que la gente dijera de ti, yo seguía amándote".

"Ese fue siempre tu mayor error. Amaste a un monstruo. Soy brutal, y soy peligroso. Soy la definición del mal. Ahora que sé que la única persona que me amaba de verdad se ha ido, soy capaz de lo impensable". Resoplé. "Si fueras inteligente, te irías ahora".

"No digas eso. Todavía puedo ver lo bueno que hay en ti, todavía hay esa luz en tus ojos".

"Si ves la luz en mis ojos, entonces estás ciego. Está claro que eres sordo o retrasado. Acabo de decirte quién soy realmente, y todavía tienes la esperanza de que haya luz en mis ojos. Soy despiadado. Intenté comportarme y mira lo que conseguí: me la jugaste, me torturó una zorra, me tendió una trampa tu hermana y mi madre está muerta".

"Damien, estás afligido y tienes todo el derecho a estar molesto. Pero te conozco". Me cogió del brazo.

Lo empujé hacia mí. "¡Mírame a los ojos!"

Craig miró alrededor del hotel para ver si había alguien observando, temiendo que informaran a su padre adoptivo, probablemente. "No tengo que hacerlo. Sé cómo son tus ojos". Miró a todas partes menos a mí.

"¡Mírame a los putos ojos!" Grité. Algunos de los invitados se volvieron. Acababan de salir del ascensor donde estábamos nosotros. Craig me miró a los ojos y, tras unos segundos, le solté el brazo. Parecía aterrorizado. Vi que su mano derecha temblaba mientras permanecía en silencio, físicamente incapaz de hablar.

"Siento haberte molestado, Damien", murmuró, bajando la cabeza. "Le diré a Bella que cancele esto. Por favor, aléjate de nosotros. Si alguna vez hubo algo entre nosotros, por favor, aléjate".

"¡No prometo tal cosa! Quemaré todo tu barco. No habrá testigos. Nadie estará a salvo. Sólo para que sepas, Craig, he descubierto algunos detalles interesantes sobre tu familia".

Craig se apresuró, "¡Deja a mi familia fuera de esto!"

"Siempre planeé dejarte con vida, es decir, hasta

que... oh, no importa". Hice una pausa. "Espero que esta vez no te hayas olvidado la cartera", dije mientras pulsaba el botón del ascensor para subir al último piso.

"¿Mi cartera?" Craig se giró para preguntar.

"Sí, tu cartera. No necesitabas una esa noche. Tu familia es la dueña de este lugar. Eso significa que me llevaste a la cabaña para tenderme una trampa, no para conseguir una puta cartera. Pero de todos modos, gracias por ponerme en la Suite Penthouse". Entré en el ascensor.

Craig salió despavorido. Poco después de entrar en el ascensor, pulsé el botón de parada de emergencia y caí al suelo. Me hice un ovillo en posición fetal y lloré. Había perdido a mi madre y nada me la devolvería, así que me permití sentir el dolor. Grité y lloré. El dolor era insoportable, y mi cuerpo no podía esperar a infligir ese dolor a otros. En ese momento, decidí que no tenía nada por lo que vivir. Era el momento de volver a ser Damien.

Derribaría su maldito imperio. Torturaría y mataría a todos los responsables de mi dolor. Nadie estaría exento. Les enseñaría a temerme. Oficialmente estaban viviendo un tiempo prestado. Al final siempre ganaba, pero esto era sólo el principio.

Vi cómo una lágrima caía al suelo del ascensor, y

algo dentro de mí se rompió. Esa fue la última lágrima que lloraría por mamá, o por cualquier otra persona. No podía ser débil.

Solté el pestillo de emergencia y el ascensor comenzó a moverse de nuevo. Inesperadamente, el ascensor se detuvo en el undécimo piso. Las puertas se abrieron y allí estaba ella con sus largas piernas y su equipaje Louis Vuitton. Parecía asustada. Su rímel negro se corría como si hubiera estado llorando. Sus ojos eran grandes y asustados, y su cuerpo parecía estar congelado mientras miraba fijamente a mi cara. Su chaqueta estaba a medio camino, colgando imprudentemente de su hombro, dejando ver apenas un poco de piel. Llevaba el bolso sin cerrar y parecía nerviosa. Era como si Vanessa hubiera visto un fantasma.

De repente, se dio la vuelta para correr. La agarré del pelo largo y la arrastré hasta el ascensor. Ella gritó. La abofeteé con fuerza, la saliva salió volando de su boca y cayó sobre mi hombro. Sonreí.

Vanessa empezó a dar golpes de bebé, y yo los recibí todos y me reí. Accidentalmente pulsé el botón de apertura de la puerta del ascensor y ella intentó salir corriendo. La tiré por el suelo del ascensor, le arrebaté su elegante equipaje y se lo lancé. Me puse de pie mientras la puerta del ascensor se cerraba. Vanessa se revolvió en el suelo, intentando recuperar el equilibrio, y yo la dejé.

No me molestaron sus gritos ni sus puñetazos. La siguiente parada fue el ático. Lo que más me gustaba del ático era la completa privacidad. Sólo había una habitación en la parte superior.

Al parecer, la pobre Vanessa siempre tomaba bebidas de los hombres equivocados. Pero era demasiado tarde para que aprendiera la lección, porque esta parada sería la última.

(*Ding dong: suena la Suite del Penthouse*)

10
ENGAÑANDO A LA MUERTE

"Estoy viva, perras", fue el primer pensamiento de Dawn cuando abrió los ojos. Había rezado por este momento cuando la bala le perforó el cráneo. Le había dicho a Dios que si le permitía abrir los ojos, diría la verdad sobre todo.

Sin embargo, ella había mentido. En su mente, Dios la había creado, así que sabía que era una manzana podrida. A la mierda con comer la manzana prohibida: Dawn *era* la manzana tóxica.

Tenía la garganta reseca y se sentía en parte allí y en parte fuera. El caos confundía sus pensamientos. Su cuerpo no respondía. No podía sentir nada, pero oía el pitido del monitor cardíaco, que bombeaba oxígeno falso a los frágiles pulmones que habían sufrido una herida de bala, una herida de bala de alguien a quien Dawn había envidiado una vez. Dawn había envidiado a Brianna por su habitación rosa, por ser hija única con padres acomodados. Es curioso que las vidas de los demás a menudo parezcan perfectas por fuera.

El frío corazón de Dawn se llenó de odio. Decidió torturar a toda persona que se cruzara con ella. Antes de la visita sorpresa de Brianna, Damien era el principal objetivo de Dawn. Pero esa bonita zorra de Brianna acababa de ganar el primer puesto.

Dawn pensó para sí misma: "*Debería haberme volado la cabeza completamente del cuello para asegurarse de que estaba muerta*". No podía creer que Dios la dejara parpadear, los mismos ojos que, según Damien, guardaban su verdad.

Dawn se había sentido muerta mucho antes de que la primera bala le atravesara la piel. "*Qué ridículo es que la piel sea nuestro órgano más grande y, sin embargo, todo lo que puede dañarnos puede atravesarlo. ¿Y soy yo la que está jodida?*"

Se sentía delirante y cansada. Había estado usando su fuerza mental para crear pesadillas para todos en el momento en que estaba lo suficientemente consciente para concentrarse.

Reprodujo los momentos anteriores y posteriores al disparo. Recordaba estar sentada en su sofá blanco de cuero italiano y sentir el frío del cuero en sus piernas, una sensación que odiaba. Siempre ponía una manta en el sofá antes de sentarse en él. Dawn recordó cómo había sonado el teléfono de Brianna, pero ella se había negado a contestar. Por último, recordó el golpe en la puerta, el último sonido antes de los disparos. Creyó recordar que había oído la voz de Craig mientras yacía allí agonizando, pero puede que lo haya imaginado.

Ahora que había tenido otra experiencia cercana a la muerte, no le temía. Le daba la bienvenida. Juró matar hasta el último de ellos, y estaba preparada para morir también. Decidió no parar hasta que nadie respirara. Finalmente pulsó el botón de llamada, cerró los ojos y esperó.

"¡Que alguien llame al Dr. Smidget!", gritó una enfermera. "Dawn, ¿puedes oírme? No hables, sólo asiente con la cabeza".

"Puedo hablar", respondió Dawn con ligereza.

"¡No puedo creerlo!" dijo el Dr. Smidget, con una gran sonrisa en la cara al entrar en la habitación del hospital. "¡Has vuelto en sí! He estado cuidando de ti todos los días en tu estado de coma. Me siento muy afortunado de haberte salvado la vida dos veces".

"Gracias a Dios, siempre te tengo a ti para recuperarme", dijo Dawn, sonriendo. "¿Estoy bien? Apenas siento algo".

"Bueno, o eres la paciente más desafortunada que he tenido, o alguien está realmente tratando de matarte. Te dispararon dos veces, una en la cabeza y otra en el pecho. Pudimos extraer ambas balas. Por suerte la bala no llegó al corazón, pero destruyó parte del tejido pulmonar. Por ahora, intenta no hablar demasiado".

"Me siento muy débil. ¿Ha venido mi padre?" Dawn se frotó la cabeza para sentir cuánto pelo le quedaba.

"¡Todos los días! Tienes suerte de tener un padre tan dedicado: ayer mismo estuvo aquí con su amiga. Estará encantado de saber que estás despierta".

"¿Amiga? ¿Cómo es ella?"

"Es bonita, un poco más joven que tu papá, pero parecen muy felices", dijo el doctor Smidget mientras escuchaba la respiración de Dawn con su estetoscopio.

"Me pregunto si era mi madre. ¿Sabe por casualidad el nombre de la mujer?"

"Su nombre era... um... déjame pensar. Lo tengo en la punta de la lengua. Oh sí, Bella. Se llamaba Bella". Le golpeó la rodilla para comprobar los reflejos de Dawn.

"Interesante", respondió Dawn. "No sabía que mi padre conociera a alguien llamado Bella. ¿Estoy a salvo? ¿Han detenido a la persona que me hizo esto?"

"El detective Ross puso un agente en su puerta para vigilarla las veinticuatro horas. Me informó de que le llamara en cuanto te despertaras; ya hice que una enfermera se pusiera en contacto con él. Dawn, por favor, intenta relajarte. Por desgracia, no podemos dejar que tu padre te vea hasta que el detective Ross te interrogue primero, pero le haré saber que te has recuperado. Por ahora, tratemos de mantenerte viva, ¿de acuerdo?" Sonrió mientras escribía "Bienvenida de nuevo" en la pizarra.

Dawn sintió que su corazón bombeaba

incontroladamente mientras esperaba sentada al detective Ross. No estaba nerviosa sino impaciente. A diferencia de la última vez que Dawn estuvo en el hospital después de que su hermano amante de los botines la arrojara por una montaña, esta vez quería demostrar que estaba curada. Quería ser dada de alta de inmediato. Nada de fingir amnesia o prolongar el proceso.

Sabía que papá estaba preocupado y quería verle para poder respirar de nuevo. Papá la quería más de lo que Dawn podría quererlo a él, lo que siempre la reconfortaba.

El detective Ross no tardó en entrar en la habitación de Dawn. Ella lo había visto varias veces en el nuevo juicio de papá, y siempre tenía el mismo aspecto. Allí estaba, todavía con su traje marrón anticuado. Esta vez llevaba un sombrero Kangol, que no hacía juego con el traje. Era una extraña declaración de moda y la desconcertó al instante.

"Pequeña señorita Dawn, me alegro mucho de ver tus ojos abiertos", dijo el detective Ross. "¿Cómo estás?"

"He estado mejor. ¿Arrestaron a quien me hizo esto?"

"Necesitamos tu ayuda con eso. No tenemos ni idea de quién te hizo esto. Tomamos huellas dactilares de tu apartamento, pero el análisis puede tardar semanas".

"Escuché un ruido mientras estaba en la ducha. Cogí una toalla y alguien me tiró al suelo, me vendó los ojos y me arrastró hasta el sofá". Los ojos de

Dawn se llenaron de lágrimas al relatar el ataque.

El detective Ross le entregó un pañuelo de papel. "Siento mucho que te haya pasado esto. ¿Cuántas personas crees que fueron?"

"Quizá dos, pero no estoy segura. Sí recuerdo una cosa que me ha molestado mucho".

"¿Qué es, Dawn? Hasta el más mínimo detalle te ayudará. ¿Sabes qué buscaban? Nos dimos cuenta de que habían registrado tu casa".

"No sé qué buscaban, pero vi algo extraño". Dawn hizo una pausa, respirando con dificultad. "Vi los zapatos de mi prometido Craig, y también olí su colonia. Lleva Calvin Klein, y la olí en cuanto me tiraron en el sofá".

El detective Ross garabateó algo en su bloc de notas. "Interesante. ¿Qué sabes de Craig y su familia?"

"La familia de Craig proviene del dinero, pero aparte de eso, no lo sé. Tiene una hermana a la que nunca conocí, y rara vez habla de ella". Dawn se encogió de hombros.

"¿Dónde está Craig ahora?"

"No estoy segura".

"¿Crees que te haría daño? Es tu prometido, ¿verdad?"

"Sí, estábamos comprometidos. Sin embargo, Craig ha estado actuando de forma extraña últimamente. Ahora que lo pienso, compró una póliza de seguro para mí una vez que supo que estaba embarazada. Pero dudo que pueda ser tan frío como para hacer esto".

"¿Estabas embarazada? ¿Cómo se sintió Craig al respecto? Lamento su pérdida". El detective Ross se bajó el sombrero.

"Gracias. Él no sabía que había perdido el bebé. Sinceramente, no quería tener un hijo. Quería centrarse en su carrera, pero estábamos trabajando en ello. Para ser honesta, no lo he visto desde que estábamos en las montañas".

"Espera, ¿entonces no te ha visto desde el incidente de la montaña? ¿Cuál es su nombre completo?"

"Su nombre es Craig Simms. Si Craig me hiciera esto, ¿qué pasaría con él? Todavía le quiero".

El bolígrafo del detective Ross arañó el bloc. "No puedo asegurarlo, pero es probable que lo arresten. Tengo que interrogarle. Por favor, anote cualquier dirección donde crea que pueda estar. ¿Seguro que no tiene nada más que contarme? Te prometo que te protegeré, pero tienes que decirme qué está pasando".

"Esto es difícil. Todavía estoy tratando de procesar todo. No entiendo por qué está pasando esto. Creo que debo hablar ya que es el segundo intento de Craig. Mi memoria regresó recientemente, y recordé a Craig empujándome de la montaña. Los flashbacks eran tan reales. Para ser sincera, yo misma iba a enfrentarme a Craig, y no sabía qué iba a hacer después". Dawn hizo todo lo posible por mantener una cara seria.

"¿Por qué te empujaría de una montaña? ¿Os habéis peleado?"

"Descubrí que se acostaba con Damien. No obtendría su herencia si su familia sabía que estaba involucrado con un hombre, así que discutimos y me empujó". Su voz se apagó cuando empezó a sollozar.

"¿Damien es gay? ¿Puedes recordar algo más? Podemos situarlo en la escena del intento de montaña, y eso es suficiente para arrestarlo, pero ¿algún otro detalle del tiroteo?"

"¡Él me disparó! Fue Craig. Qué alivio decirlo por fin en voz alta. Craig me disparó. La venda de los ojos no estaba completamente oscura, y vi su cara. Siento no habérselo dicho al principio, pero estoy un poco traumatizada y no quería que mi padre lo supiera. Lo matará y volverá a la cárcel. Por favor, no se lo diga a mi padre, detective Ross".

"Gracias por abrirte, Dawn. No se lo diré a tu padre. Esa es tu decisión. Pero no entiendo por qué me dices esto ahora. ¿Por qué proteges a un hombre que intentó matarte dos veces?"

"Por amor. El amor es la razón. ¿Amas a alguien, detective Ross? El amor te hará hacer las cosas más tontas".

"Tuve una mujer a la que amé, y fue asesinada, por eso me gusta tanto resolver mis casos. Me solidarizo con usted, pero Craig puede intentar contactarla. Sería una buena idea que vigiláramos tu apartamento durante unos días".

"Estoy de acuerdo. Gracias por todo". Ella sonrió, tratando de comunicar la gratitud que no sentía.

"Es mi trabajo. Sólo una pregunta más, pero no está relacionada con el crimen. ¿Qué sabes de la novia de tu padre, Bella?"

"Todavía no la conozco. Ni siquiera sabía que tenía novia. ¿Por qué?" Dawn levantó las cejas.

"Por nada. Sólo tenía curiosidad. ¿Te ha recordado a...?" Sacudió la cabeza. "No importa. Descansa un poco. Dejaré que tu padre entre ahora. Sé que está ansioso por verte. Ah, sí, sólo como un aviso, Damien fue liberado bajo fianza. Ten cuidado. Sé que te quiere, pero ten cuidado. También siento mucho lo de tu madre".

Dawn no dijo nada cuando el detective Ross se fue. Ni siquiera se preguntó por qué había mencionado a su madre.

Dawn recibió el alta dos días después. Se sentó en su cocina en uno de los taburetes altos de la barra, que a Craig le encantaban pero que Dawn odiaba. Bebía jugo de manzana mientras removía sus huevos. Todavía no tenía apetito.

Sonrió con alegría, sabiendo que había iniciado el proceso para que Craig asumiera la culpa de su disparo. Sentía que su deber estaba casi cumplido con él. Quería que lo violaran y torturaran en la cárcel. Dawn pensó que la cárcel sería un excelente castigo por haber metido su viscoso pene en Damien.

Ya que los detectives estarían vigilando la casa de Dawn, ella sólo necesitaba una manera de hacer que Craig viniera a verla. ¿Por qué no ayudar a los detectives a arrestar a Craig? Pensó en lo que más le había gustado a Craig mientras eran novios: hacer ejercicio en el gimnasio. Marcó el número de Craig, que todavía se sabía de memoria.

"Hola, Craig. Seguro que te sorprende saber de mí. ¿Tienes un momento para hablar?"

"Estoy sorprendido. Pensé que eras... no importa. Me alegro de que te hayas recuperado. Sinceramente, Dawn, no estoy seguro de lo que quieres, pero no tengo energía para esto ahora mismo. Me alegro de que estés viva, pero no estoy seguro de lo que quieres de mí".

"Craig, durante todo esto, me has tratado de lo peor. Llevaba a tu hijo, pero me apuñalaste por la espalda acostándote con mi hermano, y ni siquiera viniste a verme al hospital. Sabía que nunca volvería a aceptarte después de verte con Damien, pero éramos novios, y aún te quiero".

Dawn sonrió en el espejo mientras se aplicaba el rímel. Todo tardaba una eternidad, por lo que tenía que empezar a maquillarse horas antes de su intención de salir.

"Dawn, no creo ni por un momento que hayas pensado en mí. No sé qué estás tramando, pero no voy a caer en ello".

"¿Qué estoy tramando?" Preguntó Dawn inocentemente mientras se perfilaba las cejas. "¿Crees que puedo tirar por la borda años de mi vida que he compartido contigo? Sigo siendo humana a pesar de lo que diga todo el mundo. Estoy segura de que Damien te metió mucha basura en la cabeza, pero no es cierto".

Se dio cuenta de que su espejo de tocador estaba sucio, así que se levantó para coger un poco de

Windex.

"No quiero hablar de Damien", dijo Craig. "Supongo que has perdido al bebé, y sí, he oído cosas horribles sobre ti".

"Sí, nuestro bebé se ha ido. Gracias a... no importa. No quiero hablar de eso ahora. Lo que Damien te haya dicho no es cierto; lo que cualquiera haya dicho no es cierto. Damien es el verdadero diablo, y puede hacerme parecer malvada, pero en realidad es él. ¿Me crees?"

"¡No! No te creo", dijo Craig con severidad.

"Bueno, déjame preguntarte esto", dijo ella, poniéndose el lápiz de labios rojo que sabía que le gustaba a Craig. "¿Alguna vez te hice algo? ¿Alguna vez te hice daño? ¿Alguna vez te perseguí o intenté matarte? Tuve años para torturarte si eso es lo que realmente era. ¿Alguna vez te hice alguna de esas cosas?"

"¿Qué importa eso ahora?" preguntó Craig con voz débil, como si hubiera perdido la confianza.

"¡Significa que Damien está mintiendo! ¿Crees que Damien es capaz de amar? Te hizo daño, mató a tu padre y le hizo algo a esa chica desaparecida. ¿Sabías que, de niño, Damien se vestía como yo a veces? Somos extrañamente idénticos, y usó eso en su beneficio. Una vez me cortó todo el pelo para poder hacerse pasar por mí. Puedo decir por tu silencio, que estás pensando en algo que sabes que él hizo y que fue malvado".

La voz de Craig era suave y llena de arrepentimiento. "Creo que te creo. He visto la maldad en los ojos de Damien, y era como si el diablo de la vida real estuviera delante de mí. Siento que todos piensen que eres tú".

Dawn se puso la peluca y empezó a peinarla lentamente. "Siento que te haya hecho quererme. Lamento que nos haya engañado sólo para torturarme. Está enfermo, ¿sabes?"

"Sí, ahora lo sé. Me pregunto cómo habría sido nuestro bebé. ¿Cómo estás, Dawn? ¿Te estás recuperando bien? La verdad es que he echado de menos tu voz. Todo ha sido una locura".

Por fin estaba bajando la guardia. *Ya era hora*, pensó Dawn.

"No, no estoy bien", respondió Dawn. "En realidad he llamado porque necesito tu ayuda. No tengo a nadie más a quien llamar. Mi madre murió, ¿sabes? He estado muy deprimida. Necesito que me ayudes con mi terapia física. Necesito aprender a usar mis extremidades de nuevo. El tiroteo realmente me jodió".

"Siento mucho lo de tu madre. Mi corazón se fue con vosotros en cuanto me enteré. También me sentí mal por tu padre; sé que la quería mucho". Hizo una pausa, dudando. "Entonces, ¿sólo necesitas que te ayude a trabajar tus músculos?"

"Sí. Ya tengo un plan de tratamiento, pero me da un poco de miedo salir de casa. Todavía estoy un poco traumatizada por el tiroteo. ¿Crees que puedes ayudarme? También podemos hablar cuando llegues y arreglar todo".

"Sí, te ayudaré. Necesitamos un cierre. ¿Con qué

frecuencia me necesitarás?"

"Por ahora, sólo dos veces por semana. En lo que a mí respecta, todo está perdonado. Tener una experiencia cercana a la muerte me ha cambiado de verdad. Todavía estoy molesta por lo tuyo con Damien, pero sé que puede ser muy manipulador. Sólo estoy feliz de estar viva en este momento. ¿Puedes venir ahora?" usó esa voz dulce y encantadora que sabía que Craig no podía negar.

"Claro. Puedo ir en camino. Espero que podamos arreglar las cosas".

"Yo también lo espero. Oh sí, la cosa más extraña sucedió después de que me dispararon. Me pareció oír tu voz, y supe que tenía que perdonarte si alguna vez despertaba porque mi subconsciente me hizo pensar en ti en mis últimos momentos. Fue extraño".

"Eso es extraño. ¿Creíste oír mi voz? ¿Después de que te dispararan?" Craig sonaba genuinamente sorprendido.

"Sí, claro como el día. El médico dijo que probablemente estaba alucinando. De todos modos, te veré pronto. ¿Cuánto tiempo estás pensando?"

"Tengo que hacer algunas llamadas, pero puedo estar allí dentro de una hora".

"Gracias de nuevo, Craig. Nos vemos pronto".

Craig colgó inmediatamente y llamó a Bella, pero ella no contestó. Se sentó y pensó un momento, luego volvió a llamar y dejó un mensaje de voz.

Dawn había parecido auténtica, y había hecho algunos puntos válidos. Nunca le había hecho nada malo a Craig a lo largo de los años. De hecho, había sido bastante buena con él. Craig entonces pensó en Damien y en todo el mal que había hecho. No podía creer que estuviera enamorado de un monstruo así.

Craig no podía olvidar esa mirada demoníaca en los ojos de Damien. Sólo pensar en ella lo asustaba. También pensó en todo lo que Bella le había contado sobre Dawn. Se preguntó si Bella se había equivocado; tal vez había estado equivocada todo el tiempo.

Si Damien se vestía como Dawn, quizás fue él quien estranguló a Bella. Damien fue el que la violó. Él era el que estaba celoso de su amistad.

En contra de sus instintos, decidió ir a casa de Dawn. Si no había nada más, podría arreglar las cosas con Dawn y Bella podría llevar una vida normal.

Se detuvo en una gasolinera y miró el cielo. Era tan hermoso. Pensó en las veces que él y Bella habían ido de acampada, y en cómo miraban al cielo e intentaban contar las estrellas.

Craig decidió que intentaría convencer a Bella de que se fuera. Había demasiado drama. Pensó que tal vez podrían escapar tanto de Dawn como de Damien y empezar de nuevo.

Volvió a poner la bomba de gasolina en el soporte y olió el aire. Era el olor de la libertad. Era el olor de la elección.

Craig condujo hasta la casa de Dawn, se dirigió a su puerta y tocó nerviosamente el timbre. Ella abrió la puerta, completamente maquillada con un traje completamente negro. Craig supo en ese momento que no estaba allí para masajear sus piernas y ayudarla a recuperar la fuerza muscular. Sabía que había cometido un horrible error.

Dawn sonrió con la sonrisa más viciosa y malvada que Craig había visto nunca. Entonces vio la misma mirada que había visto en los ojos de Damien, pero antes de que pudiera alejarse, Dawn lanzó un grito atroz. Fue horrible, y resonó en todo el edificio de apartamentos.

"¡Ayuda! Alguien, por favor. Ayúdenme. Está intentando matarme otra vez. ¡Por favor! ¡Ayuda! Tiene un cuchillo. Oh, Dios mío. Por favor, no me hagas daño, Craig. ¡Por favor!"

Un oficial uniformado apareció. "¡Señor, túmbese en el suelo! ¡Ponga las manos donde pueda verlas!"

"¡No tengo nada!" Craig suplicó. "No hice nada. Intenté moverme, pero era como si estuviera atascado. Me hizo quedarme quieto como una estatua. Me puso el cuchillo en la mano; ¡está loca!" Levantó las manos, aún sosteniendo el cuchillo.

"Craig, tírate al suelo y suelta el cuchillo", ordenó el detective Ross. "¡No me hagas repetirlo!"

Por coincidencia, el detective Ross había llegado a casa de Dawn para interrogarla sobre Bella al mismo tiempo que Craig.

Craig dejó caer el cuchillo. "Vale, vale. Por favor, no dispares. Estoy bajando. Estoy bajando lentamente. No la he herido. Nunca le haría daño a una mujer... ni a nadie, de hecho. Está loca". Se arrodilló y entrelazó las manos en la espalda.

"Si está loca, ¿entonces por qué estás aquí?"

Preguntó el detective Ross mientras levantaba a Craig para ponerlo de pie y procedía a alejarlo.

"He venido aquí para hacer las cosas bien. Estaba tratando de hacer las cosas bien. Dawn, no hagas esto. Sé que hay algo bueno en ti en alguna parte, y sabes que no me merezco esto".

"Gracias, detective Ross, por cumplir su palabra", dijo Dawn con un profundo suspiro de alivio. "Por fin puedo dormir un poco esta noche, y me siento segura por primera vez en mucho tiempo".

Cerró la puerta de su apartamento y susurró para sí misma: "*Uno menos, faltan dos. He vuelto, perras*".

11
EL TURNO DE CRAIG

Brianna se sentó en una bañera de mármol rodeada de velas. Un buen baño era lo único que le permitía relajarse. Se sentía apagada y echaba de menos a Jerome. No había hablado con él desde que salieron de casa de Sheryl y discutieron por Dawn. Estaba agotada por el drama.

No podía creer que alguien hubiera asesinado a la esposa de Jerome. En realidad le caía bien la señora Sandy -así la llamaba Brianna- cuando era niña. Siempre le había dicho a Dawn lo hermosa que era su madre, y ahora estaba muerta. Eso hizo que Brianna se preguntara qué clase de maldad residía realmente en esa familia.

Tal vez estaba sobrepasada, tratando de vengarse. Tal vez debería haber permanecido escondida. Fue su familia biológica la que la hizo salir a la luz. Los echaba mucho de menos. Finalmente, hace unas semanas recibió una llamada de un detective privado que había encontrado a su madre. Lamentablemente, su padre se divorció de su madre poco después de que Brianna desapareciera. Quizá no pudo soportar la presión, o quizá tener una hija desaparecida fue demasiado. La gente se mantiene unida todo el tiempo por sus hijos.

Brianna se preguntó si Jerome sabía de la muerte de Sandy. Quería llamarlo, pero él seguía sin hablarle. Decidió dejar de pensar y recostar la cabeza. Sin embargo, justo cuando cerró los ojos, sonó su teléfono.

"¡Bella!" Dijo papá. "Me alegro de que hayas contestado. Sé que he sido un idiota. Lo siento. Te echo de menos y no podría soportar estar sin ti un día más".

Brianna se sentó en la bañera. "¡Sí, has sido un imbécil! Pero yo también te echo de menos".

"Tengo buenas noticias".

Brianna pulsó el botón del altavoz y colocó su teléfono en el borde de la bañera para poder enjabonar sus largas piernas. "Bueno, ¿qué es? Me gusta oír las cosas buenas".

"¡Dawn se despertó hace dos días! ¡Puede hablar y todo! No puedo creerlo. Sé que probablemente pensabas que me quedaba fuera, pero he estado en casa de Dawn ayudándola a recuperarse".

"¿Ahí es donde has estado?" Preguntó Brianna nerviosa, la idea de que Dawn estuviera viva hacía que su corazón bombease rápidamente.

"Me fui esta mañana... bueno, ella me echó". Papá se rió. "Hoy estuve pensando en lo corta que es la vida. Demasiado corta para no presentar a las dos damas de mi vida". Hizo una pausa, esperando. "¿No vas a decir algo?"

"Me alegro de que haya salido adelante. Pero no puedo ser falsa, Jerome. Las cosas que dijo su tía todavía me molestan un poco, pero si tú la quieres, yo también. Cenemos en casa mañana por la noche. Deja que la conozca por mí misma. ¿Te parece bien?"

"Claro que sí; bueno, si Dawn está dispuesta, pero estoy seguro de que lo estará. No puedo esperar a llegar a casa esta noche. El sofá de Dawn está durísimo". Papá se rió. Brianna se imaginó inmediatamente el sofá de Dawn. Dawn había estado sentada allí antes de que Brianna apretara el gatillo.

"¿Has visto las noticias?" preguntó Brianna para cambiar de tema.

"Sabes que odio las noticias. Son un montón de cosas malas que pasan. Son demasiado negativas. Dawn tampoco las ve. ¿Por qué lo preguntas?"

"Bueno, ¿has hablado con el detective Ross o con Damien?"

"¡No! Que se jodan los dos. El detective Ross me ha estado llamando todos los días como si fuéramos amigos o algo así. Dawn me enseñó cómo bloquearlo, así que lo bloqueé. Damien sabe que no debe llamarme. Deja de irte por las ramas, Bella, ¿qué pasa?"

"Odio ser la que te lo diga, pero..." Brianna se congeló y respiró profundamente.

"¿Pero qué, nena?"

"Tu esposa Sandy fue asesinada y encontrada en el río Detroit; está en todas las noticias. Creí que lo sabías y pensé que tal vez por eso te habías alejado de mí todo este tiempo. Como si tal vez necesitaras hacer el duelo o algo así".

"¿Qué? Oh, Dios mío. ¡No! ¿Qué le pasó?" La voz de papá se quebró y Brianna pudo oír cómo moqueaba.

"Siento haber tenido que ser yo quien te lo dijera. Sé que siempre la quisiste, y tal vez por eso el detective Ross seguía llamando. Lo siento mucho, Jerome".

"Mierda. No puedo decírselo a Dawn, al menos no todavía. Ella está demasiado frágil ahora mismo. Todavía podemos cenar mañana por la noche, y hablaré con ella. Me siento fatal. Yo amaba a esa mujer. Bella, prométeme algo".

"¿Qué es?", preguntó mientras enjabonaba el trapo.

"Prométeme que me dejarás sentir mis emociones. Estuve con Sandy la mayor parte de mi vida. Esto no quitará lo que tenemos, pero tengo que ser honesto, esto será difícil".

"Jerome, te quiero de verdad. Tómate todo el tiempo que necesites, y te dejaré llorar sin sentir resentimiento. No puedo esperar a abrazarte esta noche. Nos vemos pronto. Te quiero".

"Yo también te quiero, Bella. Maldita sea, no puedo creerlo. Voy a dar un largo paseo para aclarar mi mente, y estaré en casa en unas horas".

Papá terminó la llamada.

Brianna no pudo leer a Jerome. Se preguntó si Dawn le había dicho que Brianna le había disparado, pero Jerome no sabría que Brianna era Bella. Nunca se tomaban fotos juntos porque Jerome odiaba las fotos, y Brianna era lo suficientemente inteligente como para no revelar nunca su identidad. Había sido entrenada desde niña para ocultar a Brianna. Así que aunque Dawn le dijera a papá quién le había disparado, Bella estaría a salvo.

Craig había llamado unas tres veces mientras ella estaba al teléfono con Jerome. En realidad sólo quería terminar su relajante baño, pero eso parecía imposible. Craig había estado muy molesto desde que vio a Brianna torturar a Damien. Todo lo que hablaba era de Damien, y de cómo esto estaba mal, y eso estaba mal. Hacía que Brianna ignorara sus llamadas. Sin embargo, nunca llamaba tres veces seguidas, así que tal vez era importante.

Llamó a su buzón de voz y escuchó.

"Bella". Habla Craig. Realmente necesitas contestar tu teléfono. Tenemos que cancelar este asunto con Damien. Él no es quien yo pensaba que era. Vi algo que no puedo explicar por teléfono, pero por favor confía en mí. Tenemos que dejarlo pasar. Ya no se trata de mi amor por él. Ahora lo entiendo. Es peligroso, Bella. Estoy en camino para arreglar las cosas con Dawn. Por fin podremos seguir adelante. Le diré que no volverá a saber de nosotros, y a cambio, dejaremos Detroit. Vamos a mudarnos o algo así. Siempre hemos odiado el frío de todos modos. ¿Qué hay de California? Siempre hablaste de mudarte allí algún día. Te quiero; por favor, llámame".

Después de escuchar el mensaje de voz, Brianna saltó de la bañera, cogió una toalla, apagó rápidamente las velas y corrió a su habitación para vestirse. Llamó a Craig varias veces y siguió recibiendo el buzón de voz. Se apresuró a llamar a Damien mientras rebuscaba en el cajón de las bragas en busca de ropa interior.

"¿Sí?", contestó él con brusquedad.

Brianna se metió en un par de vaqueros. "Vamos a cambiar los planes. Necesito que te reúnas conmigo en esta dirección mañana por la noche".

"Ajá", contestó él con indiferencia.

"No me gusta tu actitud. Sabes que todavía soy dueña de tu culo de puta, ¿verdad? No quieres joderme hoy. Lleva tu culo allí mañana por la noche. Te enviaré un mensaje con la ubicación pronto. Y mantente jodidamente alejado de Craig. ¿Me entiendes?"

"Lo que tú digas", respondió Damien sin ninguna emoción.

"Así es, lo que yo diga, y no lo olvides", respondió Brianna mientras buscaba sus llaves. "¿Qué es ese ruido?"

"Es sólo la televisión. ¿Hemos terminado?" El tono de Damien era impaciente.

"Suena como una mujer gritando o algo así", dijo Brianna mientras se ponía una camisa, tirando mientras se enganchaba su pendiente de diamante.

"Me estás siguiendo, ¿verdad? Sabes que no he salido del hotel. ¿De dónde iba a sacar a una mujer?"

"No estoy seguro de lo que eres capaz, pero sí sé que no dejaré que hagas daño a nadie más si puedo evitarlo. Hazme un favor y corta esa maldita televisión".

"Ya está, jefa, está apagada. Ves, está tranquilo. ¿Algo más?"

"Sí, eso es", dijo Brianna. "Te veré mañana por la noche, y todo esto habrá terminado. No tendremos que vernos ni hablarnos nunca más. Quédate en la habitación".

"No te preocupes, tengo suficientes cosas que hacer en la habitación para mantenerme ocupado", sonrió Damien mientras colgaba el teléfono.

Damien quitó las medias que había metido en la boca de Vanessa y le dio una bofetada en la cara. Antes de que ella pudiera gritar, le metió el pene quemado en la boca para callarla y le puso un cuchillo en la garganta. Vanesa se atragantó mientras él introducía su pene cada vez más profundamente. Inmediatamente se quedó callada mientras las lágrimas rodaban por sus mejillas; estaba cansada. Se sentía degradada y derrotada. Damien le había hecho tanto en ese momento que sabía que no podría dominarlo. Cuanto más luchaba ella, más violento se volvía él.

Damien se levantó y se dirigió al baño, dejando a

Vanessa sola en la suite principal. Rápidamente rodó hacia la puerta principal. Pensó que si podía llegar al pasillo, podría conseguir ayuda. Oyó que Damien hacía correr el agua en la bañera. Agarró ligeramente el pomo de la puerta y lo giró, pero estaba cerrado. Tendría que ponerse de pie para abrir la puerta, era su única oportunidad.

Damien se dirigió lentamente a la sala de estar y vio a Vanessa tratando de escapar. Le entró el pánico y la agarró por las piernas justo antes de que girara el pomo de la puerta. La arrastró por los tobillos hasta el salón. Su intento de escapar había sido un fracaso, y Damien estaba listo para divertirse. Primero le cortó todo el pelo mientras ella gritaba a través de las medias que le metió a la fuerza en la boca. La violó sexualmente con su puño. Su pene aún estaba dolorido por el regaño de Brianna con el agua caliente, así que no pudo violarla físicamente. La golpeó brutalmente hasta matarla y la metió dentro de su gran equipaje Louis Vuitton. Así de rápido, Vanessa desapareció como si nunca hubiera existido.

Al otro lado de la ciudad, a Brianna no le había gustado el tono de voz de Damien. Era el mismo tono que había escuchado el día que la violó. Algo no le gustaba de Damien y no podía dejarlo pasar.

Brianna sabía que no tenía tiempo para pasar por el hotel. Tenía problemas más importantes; tenía que llegar a Craig antes de que Dawn hiciera algo que

Brianna no pudiera arreglar. Decidió llamar a la recepción para que uno de los empleados masculinos visitara la suite del ático. Dudó porque sabía que Damien era peligroso y que cualquiera que interfiriera podría morir. De todos modos, hizo la llamada.

De vuelta al hotel, Damien estaba sentado en la cama, agotado por haber matado a Vanessa. Justo cuando Damien se armó de fuerzas para deshacerse del cuerpo de Vanessa, recibió un golpe inesperado. Echó un vistazo a la habitación. Había limpiado bien. La única sangre estaba envuelta en una manta con Vanessa. Sin embargo, en cuanto fue a abrir la puerta, se dio cuenta de que ella había dejado una huella ensangrentada cerca del pomo. Rápidamente corrió a buscar un trapo.

"Un momento, por favor", gritó desde el baño.

"Señor, por favor, abra la puerta o tendré que usar mi llave", le advirtió la recepcionista del otro lado de la puerta. "Esto viene del gran jefe. Lo siento".

Damien abrió la puerta y deslizó el brazo dentro de su chaqueta. "No hace falta. Sólo me dirigía a la salida. ¿En qué puedo ayudarle?"

"Recibimos una llamada de disturbios de la habitación de abajo. Algo sobre gritos".

"¿Gritos? Oh, estaba viendo una película de miedo. Las malditas mujeres siempre se caen en el bosque y gritan. Tan predecible, ¿eh?"

Damien miró por el pasillo, notando a otro

miembro del personal del hotel esperando en el ascensor.

"Sí, esas películas son horribles. Esto no llevará mucho tiempo. Deja que eche un vistazo y luego podré decirle al jefe que todo está bien. ¿Está usted aquí solo?"

Damien puso su voz de chico blanco, la voz adecuada que usaba cuando quería parecer inteligente. "El hotel debe pagarte bien. También te tienen haciendo de seguridad. No te haré pasar un mal rato; puedes mirar a tu alrededor. No tengo nada que ocultar, y sí, estoy solo. Pero, por favor, date prisa, tengo planes para esta noche".

"Gracias por cooperar. Siento haberle molestado, señor. Todo parece estar bien aquí. Espero que esto no le impida quedarse con nosotros en el futuro. La seguridad de nuestros huéspedes es siempre una prioridad aquí. Espero que lo entienda".

"Está bien. Todos tenemos trabajo que hacer. Ahora tengo que ir al mío".

El hombre miró a su alrededor, notando las pertenencias personales de Damien esparcidas por la habitación. "Bonito equipaje, mi madre tiene uno similar a ese mismo. Son bastante caras. ¿Te vas a ir hoy?"

"En realidad, no me voy a ir todavía. Sólo voy a llevar este equipaje a mi coche. Pienso lavar todo mañana. Deberían tener un servicio de lavandería aquí. Es un gran inconveniente".

"El hotel solía tener uno, y nadie lo usaba. Dejaron de ofrecer ese servicio el año pasado. Estoy seguro de que, ya que sois un invitado especial en el ático, pueden hacer una excepción".

"Gracias", dijo Damián, arrastrando el cuerpo de Vanesa metido en su equipaje hacia el ascensor, "no quiero ser un alboroto. Supongo que me da algo que hacer mañana. Tiraré esto en el maletero y llegaré a mi reunión de trabajo en el vestíbulo".

Llegó al ascensor y pulsó el botón de bajada. "¿Vas a bajar?" preguntó Damien con impaciencia.

"Sí, vamos a bajar. Que tenga una buena noche, señor".

El ascensor dejó a Damien en el garaje y el recepcionista volvió a llamar a Brianna para informarle que no había nada sospechoso en la habitación de Damien. No mencionó el equipaje. Aliviada, Brianna dio las gracias al caballero por la comprobación.

Finalmente encontró sus llaves, que se habían caído detrás de la cama, y sin dudarlo salió corriendo por la puerta. Corrió hacia su coche y salió.

No podía creer que Craig fuera tan estúpido como para visitar a Dawn solo. Después de todas las cosas que ella le había dicho, todavía pensaba que podía razonar con ese animal.

Mientras conducía, Brianna recordó todos los momentos de diversión que Craig y ella habían tenido cuando eran niños. Se le llenaron los ojos de lágrimas mientras corría hacia el apartamento de Dawn. Brianna juró que si Dawn le hacía daño a Craig, la mataría en el acto, sin planearlo ni dar vueltas. Tendría que ir a la cárcel, pero de ninguna manera Dawn respiraría un día más después de matar a su hermano. Supuso que el juez podría tomárselo con calma después de darse cuenta de que era la chica desaparecida que había sido torturada.

Llegó a la casa de Dawn y esperó al ascensor. Tardó una eternidad, así que corrió hacia las escaleras. Antes de llegar al pomo, la puerta de la escalera se abrió. El detective Ross estaba de pie detrás de Craig mientras lo acompañaba esposado. Brianna entró en pánico al instante, sin saber si Craig había matado a Dawn y estaba siendo arrestado por su asesinato. Quiso decirle algo a Craig, pero pensó que sería prudente actuar como si no lo conociera. No podía descubrir su tapadera de Bella, no cuando estaba tan cerca de acabar con todo.

El detective Ross la sacó rápidamente de sus pensamientos.

"Seguro que tienes prisa. Es curioso encontrarte de nuevo. Bella, ¿verdad?"

"Sí, soy Bella. Llego tarde a una reunión con un cliente". Ella dirigió a Craig una mirada preocupada. Craig bajó la cabeza mientras lentas lágrimas rodaban por sus mejillas.

"¿Os conocéis?" Preguntó el detective Ross, notando cómo se habían mirado.

"Parecen estar ocupados. Será mejor que vaya a casa de ese cliente antes de que me despidan". Brianna se rió débilmente.

"Ese cliente no será Dawn, ¿verdad?" Preguntó el detective Ross, entregando a Craig a su compañero para que lo acompañara al coche de policía.

"No conozco a nadie llamado Dawn, señor. Sólo tengo un cliente en este edificio, y no es ella. Me alegro de volver a verle". Brianna pasó junto al detective y empezó a subir los escalones. "Envíale a Jerome mis saludos cuando lo veas. Además, si puedes decírselo, ahora estoy cien por ciento seguro de la noticia que tenía que darle". La voz del detective Ross se desvaneció al salir de la escalera y dirigirse al vestíbulo del apartamento.

En cuanto se perdió de vista, Brianna dejó escapar un largo suspiro. Estaba aliviada de que Dawn no hubiera matado a Craig. No sabía qué había pasado, pero sabía que su hermano estaba vivo, y para ella eso era suficiente. Aquel detective estaba empezando a cabrearla de verdad. Si llegaba a Jerome antes de que el plan de Brianna pudiera ser revelado, lo arruinaría todo.

Se sentó en la escalera durante unos diez minutos, simplemente llorando. Nunca había querido que Craig se viera involucrado en nada. Esa era la razón por la que había esperado tanto tiempo para atacar a Dawn, para que no pudiera volverse contra Craig.

Brianna se recompuso, cogió su bolso Chanel y se puso las gafas de sol Versace. Se mantuvo erguida y segura de sí misma mientras salía lentamente de la escalera.

Era el momento de poner fin a todo.

12
CENA FAMILIAR

Dawn estaba molesta por tener que prepararse para esa estúpida cena que papá había planeado. Había disfrutado de los pocos días que había tenido a papá para ella después de salir del hospital. Sólo lo obligó a irse para poder preparar a Craig. Sin embargo, no le había entusiasmado la idea de conocer a la nueva novia de papá. La idea de que su padre amara a otra persona le revolvía el estómago. Sabía que su relación era seria porque la llevó al hospital con él. Desde que Dawn había vuelto a casa, papá sólo hablaba de esa chica, Bella, y eso empezaba a enfadar a Dawn. Por no mencionar que el Dr. Smidget había dicho que era preciosa. Dawn sintió una sensación instantánea de envidia.

Dawn se dio una larga ducha. Cuando salió de la ducha, se miró en el espejo. Su aspecto era impactante. Tenía un aspecto horrible y se sentía poco atractiva. Todavía tenía el pelo afeitado y sólo le había crecido un poco de pelo.

Se puso la peluca. Cuando se la ajustó, vio la cicatriz de la bala que le había entrado en la cabeza. Le invadió una rabia hirviente y rechinó los dientes mientras imaginaba cómo se vengaría de Brianna.

Se sentó en la cama con la toalla blanca envolviendo su cuerpo desnudo y frágil, y pensó en la forma de encontrar a Brianna. El problema era que Brianna seguía técnicamente desaparecida, así que Internet no le servía de nada. Buscó por todas partes y no encontró nada más que artículos perdidos. Dawn se encontró riéndose de la foto de Brianna del artículo "¿Me has visto?", que predecía el aspecto que tendría de adulta. Su imagen sobre Brianna era totalmente errónea. Sus rasgos habían cambiado drásticamente y era mucho más guapa de lo que habían predicho. Finalmente desistió de buscar en Internet y se puso a buscar algo que ponerse.

Dawn se sentía mal. No podía precisarlo, pero sabía que la sensación había comenzado después de que Craig se fuera con el detective Ross. ¿Qué estaba tratando de decirle? Decidió llamar a papá para distraerse.

"Hola, papá", dijo Dawn mientras buscaba otra ropa en su armario. "Es tu chica favorita".

"Hola, pequeña. Me alegro mucho de que hayas llamado. Estás en camino, ¿verdad?" Papá sonaba emocionado.

Dawn sacó un conjunto, pero había adelgazado y ya no le quedaba bien, así que lo devolvió. "Todavía no, pero me estoy vistiendo. Sólo quería escuchar tu voz. ¿Necesitas que lleve algo?"

"Sólo trae tu bonito ser. Bella ha hecho todo lo posible para esta cena. Consiguió toda la comida en el catering, y entre tú y yo, eso fue una bendición. Esa mujer tiene muchas cualidades, pero cocinar no es una de ellas". Papá se rió.

"Papá, he llamado para hablar contigo, no para oír hablar de tu novia. En serio, necesito un trago".

"Tenemos de todo, incluso tu vino favorito, el Chardonnay. Sabes que ya no bebo, así que esta noche sólo beberán las señoras. Dawn, ¿puedes hacerme un favor?"

"Claro. ¿Qué necesitas, papá?"

"Por favor, intenta darle una oportunidad a Bella. Sé que esto es difícil para ti, especialmente después de escuchar lo que le pasó a tu madre. Nadie será nunca Sandy, pero inténtalo por mí, por favor".

Dawn resopló. "¿Qué quieres decir con lo que le pasó a mi madre? ¿Que sea egoísta y viva su propia vida? Papá, ya soy mayor y estoy cansada de ir detrás de mamá".

"No, Dawn. Es otra cosa. Te lo diré en la cena. Date prisa y ven aquí. Te he echado mucho de menos".

"Papá, acabas de salir de mi casa ayer", se rió ella.

Dawn colgó el teléfono y finalmente decidió ponerse un traje pantalón negro de Gucci que Craig le había comprado hacía unos años. Le quedaba bastante bien porque todavía era bastante delgada cuando se lo compró. Sólo había ganado peso con el embarazo, que perdió drásticamente en el hospital mientras luchaba por su vida.

Dawn se pintó los labios, cogió las llaves y abrió la puerta. De repente, tuvo el presentimiento de que no debía salir de casa. Ignorando esta sensación, se recompuso y salió por la puerta principal.

Por alguna razón, miró a su apartamento antes de cerrar la puerta con llave. No sabía por qué miraba su casa como si fuera a ser su última vez allí.

Llegó a la casa de papá quince minutos antes. Sólo estaban ella y papá, y estaba encantada de estar a solas con él.

Papá la abrazó y le entregó una botella de vino. "Toma, cariño. Bella te ha traído este vino. Ha dejado una nota pidiéndonos que empecemos la fiesta sin ella. Se está retrasando un poco. Pero la comida llegará a tiempo".

"Gracias a Dios. Necesito un trago. Oh, ella tiene gusto, ya veo. Louis Jadot Chardonnay. Este lugar es muy agradable, también". Se rió. "¿Con quién sales, papá, con una celebridad?"

"No es una celebridad, pero viene de dinero. Me alegro de que te guste el vino". Se aclaró la garganta. "También me alegro de que estemos solos, para que podamos hablar de mamá".

"¿Tenemos que hacerlo?" preguntó Dawn mientras se servía una copa de Chardonnay, agitando el vino y oliéndolo antes de tomar un sorbo. "¿No podemos disfrutar del momento? ¿Por qué no me cuentas lo que te ha pasado?"

"¡Dawn, está muerta!" soltó papá.

"¿Qué? ¿Muerta? No puede estarlo". Dawn se tensó con incredulidad.

"Lo está. Siento decírtelo así, pero no me dejaste sacarlo. Salió en las noticias. Su cuerpo fue encontrado en el río Detroit".

Las lágrimas brotaron de los ojos de Dawn. "Dios mío. Pobre mamá. Debió de estar muy asustada. ¿Se suicidó? ¿Qué pasó?"

"Según las noticias, fue asesinada. No tengo muchos detalles. Mañana iré a la comisaría para reunirme con el detective Ross. Tenía otra cosa que hablar conmigo, pero me aseguraré de interrogarlo sobre la muerte de mamá".

Ahora las lágrimas caían por las mejillas de Dawn. "Esta es la peor pesadilla de un niño. ¿Por qué está pasando todo esto?"

Papá tomó a Dawn en sus brazos y la acunó. "No lo sé, cariño. Simplemente no lo sé. ¿Has hablado con tu hermano?"

"No. Pero sé que Damien está destrozado. Él era el que más quería a mamá, incluso más que a cualquiera de nosotros".

"Sé que esto es duro, pero lo superaremos juntos. Yo también quería a tu madre. Fue mi primer amor, y aunque no volvimos a conectar después de que me liberaran, nunca quise que le pasara nada. En realidad me siento mal, como si fuera mi culpa".

"¿Cómo podría ser tu culpa?"

"Porque pensé que ella no quería nada conmigo, así que me enfadé con ella. Cuando salí de la cárcel y no la encontré por ningún lado, me sentí resentido, cuando todo el tiempo estaba muerta. Ni siquiera fui a buscarla". Las lágrimas brotaron de los ojos de papá. "Esa mujer me amaba hasta la muerte, y la defraudé".

"No es tu culpa. Mamá sabía que la querías. Ella querría que fuéramos fuertes, así que seamos fuertes. Superaremos esta cena y enterraremos a mamá cuando llegue ese momento. Supongo que el hecho de que nos dejara a Damien y a mí hará que este proceso sea más fácil en cierto modo. No la hemos visto en años".

"Tienes razón. Vamos a pasar la cena. Una cosa a la vez".

Papá se limpió los ojos con brusquedad y se sentó de nuevo en su asiento. Justo cuando se sentó, el timbre de la puerta sonó mientras los proveedores llegaban con la comida. Dispusieron los platos en la mesa, con cestas de palitos de pan en el centro. Dawn no perdió tiempo y cogió uno, junto con un poco de mantequilla. Los camareros se marcharon rápidamente.

"Este vino tan caro no es ninguna broma. Ya me siento bien. En realidad, me siento atascada, como si no pudiera moverme. Probablemente no debería beber con las medicinas que me dio el Dr. Smidget, pero al diablo". Dawn bebió otro trago de vino.

"¿Crees que es inteligente beber con los medicamentos recetados?" preguntó papá con cara de preocupación.

"¿Crees que me importa? Lo necesito, pero debo admitir que me siento súper rara, como si me moviera a cámara lenta". Dawn cogió la botella.

"De acuerdo, pequeño peso ligero", dijo papá con una carcajada. "No te emborraches antes de tiempo. Sabes que tu padre era un campeón de la bebida; no puedes ser tan descuidada después de unas cuantas copas de vino. ¿No te he enseñado nada?"

"Papá, sólo voy por la tercera copa. Déjame vivir. Después de las noticias que acabo de escuchar, me sorprende que no se haya acabado esta botella. ¿Dónde está tu novia? Tengo hambre". Dawn dejó la botella de golpe sobre la mesa.

Papá cogió la botella. "Creo que ya has tenido suficiente".

"¡Papá, deja esa botella!" Dawn gritó y papá soltó la botella. Ella siguió bebiendo. Unos quince minutos después, se abrió la puerta principal.

"¡Hola, cariño!" Brianna gritó desde el pasillo, que estaba parcialmente bloqueado desde el comedor. "Siento mucho llegar tarde".

"Está bien. Dawn y yo necesitábamos un tiempo a solas de todos modos. ¡Pero ahora estamos hambrientos! Date prisa". Papá se llevó otro palillo a la boca.

"Hola, Dawn", dijo Brianna, sonriendo ampliamente mientras se sentaba frente a Dawn. "Encantada de conocerte".

"No seas grosera, Dawn", dijo papá, notando la forma en que Dawn fruncía el ceño ante Brianna. "Devuélvele el saludo".

"¿Qué coño hace ella aquí?" preguntó Dawn

mientras intentaba levantarse.

"Oh, ni siquiera intentes moverte", dijo Brianna con un gesto despectivo de la mano. "Estás paralizada de cintura para abajo. Así que vamos a comer". Quitó la tapa metálica de su plato.

"¿Qué quieres decir con que está paralizada?" Preguntó papá, confundido. "Se está recuperando de un disparo, pero no está paralizada. ¿Os conocéis o algo así?"

"Quizá deberías decirle de qué nos conocemos, Dawn", dijo Brianna mientras golpeaba una pistola sobre la mesa.

"¿Qué demonios, Bella?" Las cejas de papá se alzaron, su voz se fortaleció mientras empujaba su silla hacia atrás. "Sube esa maldita pistola. ¿Qué demonios está pasando?"

"Díselo, Dawn. Estás muy callada esta noche. ¿Te ha afectado ese vino?" Brianna sonrió mientras cogía el cuchillo de la cena y empezaba a cortar su filete.

"¡Papá, está loca!" exclamó Dawn. "¡Ella es la que me disparó! Mátala, papá, antes de que me mate a mí".

"Eres dura de matar, lo reconozco", dijo Brianna. "Cuando te disparé, fue mi segundo intento de matarte. La primera vez que intenté matarte fue en la cabaña familiar de Craig y yo. Oh, pareces tan confundida. Craig es mi hermano adoptivo, y ese viaje de esquí que hicisteis todos fue en la casa de mi familia".

"¿Qué quieres decir con que Craig es tu hermano?"

Brianna ignoró la pregunta de Dawn y clavó bruscamente el tenedor en sus verduras. "De todos modos, yo también estuve allí. Me escondí en el armario del despacho de mi padre. Intenté envenenarte, pero sólo tomaste dos sorbos de tu café. Desgraciadamente, no fue suficiente para eliminarte".

"Bella, ¿de qué demonios estás hablando? ¿Intentaste matar a mi hija? ¿Dos veces?" Papá se levantó, dispuesto a lanzarse sobre Brianna.

Brianna cogió la pistola y apuntó a papá. "Siéntate de una puta vez antes de que conozcas a mi amigo el Sr. Bala. No creas que porque tienes una buena polla no te voy a dejar tirado. Te dejaré descansar junto a tu engañosa hija".

Una mirada de auténtico miedo entró en los ojos de papá. "Mira, cálmate. Sólo estoy tratando de averiguar qué demonios está pasando".

"Lo que pasa, Jerome, es que tu hija me ahogó en la calle, me arrastró a la casa de un muerto, me dio por muerta y unos días después me prendió fuego. Eso es lo que pasa, carajo".

"Papá, no la escuches", suplicó Dawn, todavía paralizada. "Está claro que está desquiciada".

"¿Desquiciada? Jerome, es hora de que sepas la

verdad. Soy Brianna. Soy la chica desaparecida que tu hija torturó y tu hijo violó. Damien me quitó la virginidad, y Dawn estaba tan molesta por no poder controlarme que intentó matarme. ¡Esa es la verdad!"

"Espera, Bella. ¿Me estás diciendo que eres Brianna? ¿La niña con la que Dawn solía jugar? Esto es demasiado. Dawn, ¿de qué está hablando todo el mundo? ¡Dime algo, pequeña!". Se le rompió el corazón, al descubrir quién era Dawn en realidad.

"¡Papá, son todos unos malditos mentirosos!" Gritó Dawn.

Brianna inmovilizó la mano de Dawn en la mesa con un cuchillo de pastel. "Perra, confiesa. Díselo ahora mismo".

Dawn gritó de dolor. "¡Papá, detén a esta perra loca! Ayúdame".

"Bella", dijo papá, "no puedo sentarme aquí y ver cómo haces daño a mi hija. Vas a tener que dispararme".

"Bien", respondió Brianna sin rodeos mientras disparaba a papá en el brazo.

"¡Mierda! ¡Me has disparado! ¡Bella, me has disparado, joder!"

"Escucha esta mierda. No estoy jugando con ustedes, locos hijos de puta. No quiero hacerte daño, Jerome. Te prometo que no. Te quiero. Pero nadie, quiero decir nadie, me impedirá matar a esta perra. De hecho, traigamos a Damien a la fiesta. Es parte de la familia, ¿verdad?" Brianna cogió su teléfono y llamó a Damien.

"¡Él no es parte de esta familia!" gritó papá mientras cogía un pañuelo de la mesa y se lo ataba alrededor del brazo ensangrentado.

Brianna observó a Dawn como una energúmena mientras hablaba al teléfono. "Damien, buen chico contestando al primer timbre. Es la hora".

"¿Hora de qué?" Dawn tartamudeó. En ese momento, Dawn comprendió por qué se había sentido mal ese día. Era la sensación de que algo malo estaba a punto de suceder. Era la sensación de la muerte. Lo había sentido antes, pero esta vez era más fuerte. Se dio cuenta de que podría no volver a ver su apartamento.

"¡Debería haber sabido que Damien estaba detrás de esta mierda!" Papá gritó. "¡Eso es exactamente por lo que odio a ese pequeño bastardo! Entonces, Bella, ¿fuiste tú quien me llamó misteriosamente al hospital? ¿Eras tú quien decía que Dawn te había estrangulado?"

"Tengan paciencia. Todo a su debido tiempo. Traté de advertirte, pero ni siquiera investigaste. Incluso después de que Sheryl intentara decírtelo, seguiste sin hacer una mierda. Crees que tu preciosa hija es un ángel. Ella también mató a tu mejor amigo Ralph, pero él era una mierda de todos modos".

Papá se quedó sentado, con la boca abierta de

incredulidad.

"Dawn", continuó Brianna, "me he dado cuenta de que estabas tartamudeando. ¿Estás bien, amiga?"

"¡Vete a la mierda!" Dawn trató de gritar, con la baba corriendo por la comisura de la boca, pero sólo salieron débiles sonidos.

"Bueno, tu papá me folla muy bien. Díselo, Jerome". Brianna se rió.

"No te voy a follar más, eso júralo".

"Eso es triste, Jerome. Teníamos una vida sexual tan buena. La mejor química sexual que he tenido con un hombre". Brianna se inclinó a través de la mesa hacia Dawn. "Dawn, siempre me molestó cómo te limpiabas la oreja con el dedo meñique".

"¿Quéééé? ¿Qué has dichooo?" Dawn tartamudeó. Su mente estaba nublada. Se sentía cada vez más débil y sabía que lo que Brianna había puesto en el vino estaba empezando a quitarle los sentidos. No podía oler, su oído se estaba desvaneciendo y apenas podía ver.

"Uh-oh, el bebé tiene un problema de tartamudeo. Sé que estás empezando a sentirte rara. Verás, la primera vez que intenté matarte, no sabía la dosis correcta para envenenar a alguien lentamente. Esta vez tuve la dosis perfecta. Te mantuve con vida el tiempo suficiente para que dijeras la verdad, pero lo suficientemente rápido para morir".

Brianna cogió un segundo cuchillo y le cortó a Dawn el meñique de la mano que tenía clavada en la mesa.

Dawn gritó, tratando de agitarse pero sin poder

moverse. "¿Por qué coño has hecho eso? Te juro que si pudiera moverme, te arrancaría la puta cabeza. Papá, ¿por qué estás ahí sentado? Ayúdame".

El dolor le dio la capacidad de hablar normalmente por un momento. Intentó decirle a su mente que volviera a la normalidad. Sentía que se perdía poco a poco; no podía oler en absoluto y su visión era borrosa.

"No podrías arrancarme la cabeza, perra, aunque te la entregara", respondió Brianna. "Tus órganos están fallando y ya deberías estar perdiendo la vista. Sólo aguanta lo suficiente para que Damien llegue".

"Bella, por favor, para", suplicó papá mientras intentaba detener la hemorragia de su brazo. "Si alguna vez me amaste de verdad, por favor, detente".

"Está bien, Jerome. Dejaré de torturarla... si te dice la verdad sobre todo".

Brianna tomó un encendedor y quemó la punta del dedo meñique de Dawn para detener la hemorragia. Dawn gritó como una vaca que está siendo descuartizada.

"Ves, puedo ser amable", dijo Brianna. "Detuve la hemorragia. Ahora habla". Apuntó la pistola a Dawn.

"Vale, mierda. Esta es la puta verdad. Soy todo lo que Brianna dijo que era. Soy una maníaca. Soy una maldita psicópata. Pienso diferente a la mente promedio, y fingir ha sido la parte más difícil. Fingir que realmente amo, no puedo amar. Soy incapaz de amar. Creo que ni siquiera te quiero a ti, papá".

Las palabras de Dawn tenían sentido en su propia mente, pero en voz alta eran dispersas y temblorosas.

"No digas eso", respondió papá. "No es cierto. No dejes que esto te destroce. Al diablo con Bella. Mantente fuerte".

Dawn buscó un arma en la habitación antes de perder completamente la vista. Sin embargo, aunque encontrara algo, sus piernas no se movían. Lo intentó varias veces, pero estaba atascada en la silla, sin poder mover nada más que la cabeza.

"¿Me estás escuchando, papá?", dijo. "Soy realmente malvada. Soy tu peor pesadilla, literalmente. Te torturé mientras dormías durante años. No te amo, y cuando Brianna te disparó, realmente sonreí. Creo que todos merecemos dolor, y me encanta infligirlo".

"¿Así que lo que Sheryl dijo de ti es cierto? ¿También eran falsas tus lágrimas por tu madre?"

"¡Que le den a Sheryl! Debería haber matado a ese apestoso montón de nada hace mucho tiempo. Ella no vale nada. En cuanto a mamá, mi hermosa y perfecta madre... la que proporcionó oxígeno a mis pulmones mientras me llevaba en su vientre..." Se interrumpió, perdida en sus recuerdos.

Después de unos momentos, continuó. "Mamá siempre olía bien y hacía las mejores galletas del mundo. Era mamá la que me ponía el agua caliente del baño con burbujas. Era mamá la que me lavaba el pelo y se enorgullecía de mantenerlo sano y largo. Era mamá la que lloraba cuando me ponía enferma. La buena mamá".

Dawn sonrió a papá. En ese momento, Damien entró silenciosamente y se quedó en la puerta donde sólo Brianna podía verlo, escuchando.

"¡Dawn, deja de joder!" gritó papá. "¿Qué le pasó a tu madre?" Papá quería odiarla después de lo que había dicho, pero no podía. Seguía siendo su preciosa Dawn, incluso después de todo el terror que había causado.

El discurso de Dawn estaba cambiando drásticamente. Aunque decía muchas cosas, era difícil encontrarle sentido a muchas de ellas.

"Verás, mamá tenía un problema para mantener su bocaza cerrada", continuó, parpadeando rápidamente. "Es culpa de Brianna que mamá esté muerta".

Dawn se dio cuenta de que cuanto más parpadeaba, menos borrosos estaban todos. Era sólo una forma temporal de mantener la vista, pero se negaba a quedarse ciega. En el fondo, le daba pánico. Sabía que su tiempo estaba llegando a su fin, pero nunca se doblegaría. Aquella mañana se había despertado sintiéndose mal, y ahora sabía por qué. Su espíritu estaba muy vivo, pero su pobre cuerpo estaba cansado. Era literalmente una mujer muerta que hablaba.

Damien escuchó con calma y trató de entender todo lo que pudo de los torpes intentos de Dawn por comunicarse.

"¿Cómo carajo es mi culpa?" exigió finalmente Brianna.

"Mamá me vio salir de la casa de Ralph aquella noche, la noche en que intenté quemarte el culo, y no lo dejó pasar", respondió Dawn. "Mamá amenazó con entregarme un día, así que le di un susto de muerte. Por eso se fue de la casa de Sheryl. Pero entonces, cuando mi vida iba bastante bien, apareció hablando de contárselo al detective Ross. La llevé a cenar esa noche y la estrangulé en un callejón. Puse su cadáver en el maletero de mi c-c-a-a-r-r-r y la tiré al río-r-r-r".

Mientras el tartamudeo de Dawn empeoraba, inclinó la cabeza hacia atrás como si estuviera dispuesta a morir. Sin embargo, aún le quedaba algo de lucha. Rápidamente volvió a levantar la cabeza y trató de enfocar sus ojos en Brianna.

"¿Qué le has hecho a mi madre?" gritó Damien. "¡Maldita perra loca! ¿Qué te pasa?"

Damien corrió hacia la mesa y apuñaló a Dawn con el mismo cuchillo con el que había matado a Vanessa el día anterior. Sacó lentamente el cuchillo y la apuñaló de nuevo. Papá se levantó para ayudar a Dawn, pero se congeló al notar que ella estaba sonriendo. Era la primera vez que papá veía la maldad en el rostro de Dawn y decidió no ayudarla. Por mucho que quisiera a Dawn, se dio cuenta en ese mismo momento de que tenía un alma podrida. Un alma que no podía ser reparada.

"¡Damien, siéntate! ¡Ya basta!" Brianna gritó. "Este es mi espectáculo, y tú eres sólo mi invitado. Nos sentaremos en esta mesa como una familia y cenaremos. Ahora Dawn, ¿qué demonios hiciste para que arrestaran a Craig?"

"Que se joda el culo de Craig". Murmuró con sangre saliendo de su boca. Damien la había apuñalado dos veces en el pecho, apenas le faltaba el corazón. "Hice que lo arrestaran por mi intento de asesinato. No volverás a verlo".

Dawn giró la cabeza hacia papá. "Papá, no puedo ver más. Me arde el pecho. Por favor, ayúdame".

Papá ignoró sus ruegos de ayuda. "¿También has herido a mi hermano Robby? ¿Eres la razón por la que dejó de hablar?" Por fin estaba asqueado de Dawn, y no podía fingir que era otra cosa que lo que realmente era: el mal encarnado.

"Sí. Pero olvida al tío Robby por ahora, papá. Estáis haciendo demasiadas preguntas. Estoy sangrando, y estoy perdiendo lentamente mi capacidad de oír. ¡No puedo oír! No puedo ver. ¡Papá, ayuda!"

"Acabas de mentir sobre Craig y lo has hecho arrestar por nada", dijo Brianna. "No has cambiado en absoluto. No mereces piedad".

Dawn decidió intentar ser amable. "Brianna, siento haber intentado matarte. Siento haber hecho que arrestaran a Craig por mis disparos. Damien causó todo esto. ¿Por qué vas detrás de m-m-mí?"

"Ya me he ocupado de Damien. Es tu turno. Estoy esperando que tomes tu último aliento para que finalmente pueda vivir de nuevo. En realidad, vamos a acelerar el proceso".

Brianna disparó a Dawn dos veces, primero en una pierna y luego en la otra. Dawn apenas se inmutó. Ya había perdido toda la sensibilidad en la parte inferior de su cuerpo.

Damien se acercó a Brianna, con los ojos puestos

en la pistola. "¿Puedo dispararle? Me torturó y mató a mi madre. Fui a la cárcel por todos sus asesinatos. Me dio pesadillas y convirtió mi vida en un infierno. Me quitó a mi hombre y mi vida. Me merezco matarla. Quiero ser yo quien lo haga. Ella me poseyó y me hizo hacer cosas horribles. Yo también soy una víctima".

"Primero, demuestra que la quieres muerta", dijo Brianna mientras golpeaba la parte inferior del arma sobre la mesa.

Damien se levantó, hizo dos cortes profundos en la cara de Dawn con un cuchillo y luego utilizó un rodillo de pizza para aplastar el lado de la cabeza de Dawn. Dawn gritó débilmente.

Papá bajó la cabeza. Era demasiado para verlo.

"¡Levanta la cabeza y mira!" le gritó Brianna.

Las lágrimas llenaron los ojos de papá cuando levantó la vista. "Pensé que la habías drogado. Déjala en paz. ¿Por qué tienes que torturarla?"

Papá se sentía como en una pesadilla a la que quería poner fin desesperadamente. Quería evitar que todos hicieran daño a su niña, pero quería a Sandy. No podía creer que Dawn hubiera matado a su propia madre. Sus pensamientos eran confusos, y lo único que podía hacer era esperar que todo terminara pronto.

"¿Dejarla en paz?" Preguntó Dawn, con la sangre corriendo por su cara. "Papá, ¿crees que me merezco esto? ¿Crees que merezco morir? Nunca te hice daño, ¿verdad, papá?"

"¡Cállate!" Exigió Brianna. "¡Cállense todos!

Damien, vuelve a sentarte".

Se sentaron en silencio durante unos minutos. Los ojos de Dawn se voltearon y su cuerpo se relajó cuando finalmente abandonó la lucha.

Damien estaba casi saltando de emoción. "¿Puedo dispararle ahora? Sólo le dispararé una vez en el brazo. Por favor, dame algo para la venganza de mi madre. Por favor, ¿puedo?"

"Un disparo y devuélveme el arma. No olvides que tengo ese chip dentro de ti. Si me pasa algo, mi amigo tiene instrucciones específicas de apretar el botón, y pum, te vas".

Papá sacudió la cabeza para advertir a Brianna, pero era demasiado tarde. Ella entregó el arma a Damien, y la energía en la habitación cambió inmediatamente. Todo se ralentizó. La habitación tenía un escalofrío, y todo se movía a cámara lenta. Parecía algo sacado de una película.

Brianna no tardó en darse cuenta de que darle la pistola a Damien había sido un gran error. Había permitido que su necesidad de vengarse de Dawn le desordenara la mente. Había pensado que si Damien mataba a Dawn, obtendría un gran placer y no tendría que ser una asesina. Nunca había querido ser una asesina. Si Damien mataba a Dawn, entonces no tendría que estar en la conciencia de Brianna.

El sonido del primer disparo fue ensordecedor en los confines de la habitación. El cuerpo inerte de Dawn cayó al suelo, con un agujero en la frente. La sangre y la grasa cerebral salpicaron toda la mesa.

Brianna miró los ojos rojos de Damien y vio pura

maldad. El miedo y el arrepentimiento se apoderaron de su cuerpo. Reflexionó sobre su vida y supo que nunca volvería a ver a sus padres. Sabía que había metido la pata. Sabía que había entregado su vida a Damien en bandeja de plata.

Damien tiró de la silla de Dawn en la que ya no se sentaba hacia papá y se sentó frente a él. "¡Eh, papá! ¿Puedo llamarte papá? De todos modos, siempre he odiado esa mierda de papá. Pareces preocupado, papá. Deberías estarlo".

"Está bien, Damien", dijo Brianna, tratando de mantener el pánico fuera de su voz. "¡Devuélveme el arma!"

"Perra, eres más tonta de lo que pensaba. Primero, pensaste que me creería que habías puesto una bomba dentro de mí. Luego, me diste un arma cargada. Realmente pensaste que eras mi dueña, ¿eh? Ahora sienta tu estúpido trasero. Adelante, siéntate junto a tu hombre". Damien se rió mientras giraba la pistola.

"¡Hay un chip dentro de ti!"

En respuesta, Damien se arrancó la camisa y le mostró una herida abierta donde le había quitado su horrible trabajo de sutura. Las piernas de Brianna empezaron a temblar mientras se acercaba a sentarse junto a papá, como Damien le había ordenado.

Papá bajó los ojos hacia el cuerpo de Dawn desparramado en el suelo, y luego volvió a levantar la vista rápidamente. "Damien, déjala fuera de esto. Sigo siendo tu padre. Te quiero, Damien".

"¿Me quieres? ¡Nunca me has querido, joder!

¡Nunca te importé! Sólo querías a Dawn y mira el pedazo de mierda que resultó ser. ¡Mírala! ¡Mira a tu preciosa Dawn!"

"Sí te quería. Sólo, sólo, quería que fueras un hombre. Mierda, ni siquiera tuve un padre". Papá buscó la mano de Brianna.

"No quiero escuchar tu triste historia. Qué lindo, ustedes dos tomados de la mano en sus últimos momentos. La quieres, ¿eh? Brianna es bonita ahora- oh, lo olvidé, Bella. No siempre fue tan bonita. ¿Te dijo que me la follé?"

"Más bien me violó", murmuró Brianna en voz baja.

"Lo siento, ¿dijiste algo? Ahora no importa, porque papá, los dos nos la hemos follado. Tengo que admitir que parece tan joven como yo. Quién iba a decir que nos íbamos a follar a la misma zorra". Damien se rió.

"Bella, ¿te estabas acostando con Damien?" Preguntó papá en tono dolido. "Damien, pensé que eras..." Hizo una pausa.

"¿Pensaste qué? ¿Que era gay? Adelante, dilo".

"Nene, está hablando de cuando desaparecí de niña", le susurró Brianna a papá. "Me quitó la virginidad. Nunca te engañé y te quise más que a ningún otro hombre que haya conocido. Sólo quería liberarme de Dawn. Espero que puedas perdonarme por todo lo que he hecho para protegerme de tus hijos". No quería que muriera pensando que le había engañado, pero también quería que supiera que sus hijos la habían torturado.

"Bella, Brianna, o quien coño quieras ser, ¿te he dicho que hables?" Damien le dio una bofetada en la sien con la pistola como ella le había hecho a él días antes.

"Espera un poco, Damien", protestó papá. "No tenías que hacerle eso". Se inclinó para ayudar a Brianna a levantarse, pero ella estaba en el lado de su brazo herido, y no tenía la fuerza para levantarla del suelo.

"No me digas una mierda. En realidad, esta conversación se está volviendo bastante aburrida, y tú sabes mejor que nadie cómo odio aburrirme. Gracias por darme la vida, y gracias por arruinar mi vida. ¿Podrías ser un buen padre por una vez en tu vida y hacerme un favor?"

Damien se levantó y apuntó la pistola al centro de la cabeza de papá.

"Espera, Damien", suplicó papá. "Podemos hablar. No tendrás familia si me matas, soy todo lo que te queda".

"¡Dile a mamá que le mando saludos!" dijo Damien con frialdad.

"¡Damien, no! No hagas esto!" Papá se cubrió la cara con las manos.

Damien apretó el gatillo por segunda vez, dándole a papá en medio de la frente. Murió al instante.

Brianna gritó. Corrió hacia papá y sostuvo su cuerpo sin vida en sus brazos.

"Lo siento mucho, Jerome", le susurró al oído. "Lo siento mucho. Nunca quise que te hicieran daño. Te quiero. Cariño, te quiero mucho. Esa parte siempre fue real".

Vio cómo la sangre de Jerome se extendía por su traje blanco de Armani, y sus manos empezaron a temblar incontroladamente. "¡Maldito maníaco! Lo has matado, lo has matado. Te odio. Patético, inseguro, celoso, malvado y manipulador de mierda. No eres nada. Una puta desgracia. Te odio".

Brianna le gritó a Damien mientras las lágrimas corrían por su cara. Estaba muy dolida y entumecida. Mientras se afligía, su tristeza se convirtió rápidamente en rabia.

"Aww, ¿no es esto tan lindo? Realmente querías a mi padre. Esto es realmente adorable. ¿Cuántas balas crees que quedan en esta pistola? Oh, no tienes que responder, sólo te lo mostraré. ¡Ahora siéntate de una puta vez!"

"¡No me voy a sentar! Mátame de pie. Nunca más me inclinaré ante ti o ante Dawn, jódete-"

Brianna dejó de hablar al sentir una sensación de ardor en su brazo derecho. ¡Damien le había disparado!

Damien se acercó a ella. "Ahora te he disparado en el brazo, igual que hiciste con mi padre. ¡Levanta tu bonito culo! Ponte de pie con tus tacones rojos de dos mil dólares que no volverás a usar". Se sentó en el extremo de la mesa.

"¡A mí no me das miedo y a ti se te han acabado las balas, tonto del culo!" Brianna cogió un cuchillo y lo lanzó a la cara de Damien, pero falló.

"Eres una perra estúpida. Podrías haber empezado una nueva vida y nadie habría sabido que estabas viva, pero no. Querías ser una perra jefa. Querías ser la dueña de los hijos de puta y demás. ¿No es así?"

Damien tiró a Brianna al suelo de una bofetada y le arrebató el cuchillo de la mano.

"¿Y te sientes fuerte?" dijo Brianna, burlándose de él. "¿Te sientes como un hombre de pie sobre mí mientras yazco aquí herida? Eres un cobarde y una vergüenza. Tu padre te odiaba a muerte, Dawn no te soportaba y Craig te compadecía. Tu propia madre huyó de ti. Mira a tu alrededor: Has matado a todo el mundo, y aún así no serás feliz".

"Quizá nunca sea feliz, pero no necesito la felicidad. Me tengo a mí. Tengo a Damien. Ahora tal vez debería quemar tu vello púbico, ya que tienes tanto que decir".

Damien arrancó los pantalones blancos de Brianna. Ella quedó expuesta por un momento antes de levantarse para correr. Corrió tan rápido como pudo hacia la puerta principal, con Damien persiguiéndola.

Brianna se imaginó por un segundo la cara de su madre y sonrió. Pensó en Craig sacándola de la casa en llamas de Ralph y una lágrima rodó por su mejilla. Se rió de lo asustado que había estado Craig al preguntar a sus padres adoptivos si esa extraña niña golpeada podía venir a vivir con ellos. Pensó en su habitación rosa y en toda la diversión que había tenido con sus verdaderos padres antes de desaparecer. Luego pensó en todas las cosas que Damien y Dawn le habían hecho. Repitió el mensaje de voz de Craig en su mente:

"Tenemos que cancelar este asunto con Damien. Él no es quien yo creía que era. No puedo explicarlo por teléfono, pero por favor confía en mí. Tenemos que dejarlo pasar. Estoy en camino para arreglar las cosas con Dawn. Bella, por fin podemos avanzar. Vamos a alejarnos o algo así. Te quiero".

Una lágrima rodó por su mejilla al imaginar lo diferentes que podrían haber sido las cosas si hubiera escuchado a Craig. Le entristecía pensar que no volvería a ver a sus padres.

Sin pensarlo dos veces, ella cogió su pistola de repuesto del cajón que había junto a la puerta principal. Quitó el seguro y levantó el arma. ¡**Pum!** El disparo resonó como si el espacio estuviera vacío. La habitación estaba quieta y silenciosa.

El disparo estalló en sus oídos. Cayó al suelo a cámara lenta. Se sentó sobre sus fluidos corporales mientras su cuerpo se agitaba, como si tuviera una convulsión. Tosió sangre por la boca y se giró para mirar a papá. Sus ojos se hicieron cada vez más grandes. Luego, su cuerpo se desvaneció y se quedó sentada con la mirada perdida. Murió mirando a papá; fue lo último que vio.

Damien se acercó, se sentó sobre el cuerpo sin vida de Brianna y susurró. "¡Siempre hay una en la recámara, perra estúpida!"

Le giró la cara para que sus ojos difuntos pudieran mirarle. Aunque estaba muerta, Damien apuñaló su cadáver repetidamente. A continuación, le abrió las piernas con brusquedad y le introdujo el pene en el ano. Después de tres golpes, se rió, cogió una de las velas de la mesa y prendió fuego a la vagina de Brianna. Brianna había sido golpeada sin remedio. Puede que haya ganado la lucha contra Dawn, pero ha perdido la guerra contra Damien.

Damien se sentó de nuevo en su asiento original y retiró la tapa de plata del plato de la cena. Era langosta rociada con una salsa de mantequilla, espárragos frescos, un filete bien hecho y una patata al horno.

Con una servilleta de mesa, Damien limpió la sangre de Brianna del cuchillo y luego lo utilizó para cortar el filete. Comió limpiamente toda la comida mientras los charcos de sangre se extendían desde los cadáveres de Dawn, papá y Brianna.

Damien se levantó y puso el cuerpo de Dawn boca arriba. Arregló su peluca torcida y le tocó suavemente la mano. Su mano no estaba fría, pero ya no estaba caliente. Le juntó todos los dedos. Se levantó del suelo y cogió un cuenco lleno de agua caliente y jabón. Lavó la cara y el cuello de Dawn. Cogió unas tiritas de detrás del espejo del baño. Cogió las sábanas grises de felpa de la cama de

Brianna. Cubrió todo el cuerpo de Dawn con la sábana, excepto la cara. Le puso dos tiritas en los cortes que le había hecho. Se tumbó junto a ella y pensó en todos los recuerdos de su infancia.

"¿Quién es el dueño de quién ahora?", murmuró. Se colocó el cuchillo en el pecho como si fuera un recién nacido. No tardó en perder el conocimiento.

13
EL SECRETO DE DAMIEN

"¡Damien, despierta!" El Dr. Smidget gritó, sacudiendo mi cuerpo. "Has tenido otro de esos desmayos".

El Dr. Smidget me ayudó a levantarme del suelo.

"¿Quién es usted?" pregunté, sujetando mi cabeza y mirando a mi alrededor. "¿Dónde estoy?"

"Soy el doctor Smidget. Soy tu médico aquí en la Institución Mental de Lakewood. Estuviste fuera un buen rato; me temo que puedes haber tenido otro episodio. Tu compañero de cuarto vino a decirnos. ¿Cómo te sientes?"

"¿Por qué iba a estar en una institución mental? Lo último que recuerdo es haber visto a mi hermana muerta". Bajé la cabeza, recordando cómo había matado a Dawn.

"Craig, necesito tu ayuda aquí", gritó el Dr.

Smidget.

Miré alrededor de la institución mental completamente blanca y localicé a Craig. "Oh, bien, ahí estás. Por fin, alguien conocido. Creí que te habían arrestado. Todo está borroso. ¿Podemos irnos?" Le pregunté a Craig mientras miraba a mi alrededor para recoger mis cosas.

"¿Hoy soy Brandon o Craig, Damien?" Craig respondió con indiferencia. "Venga, vamos a subirte a la cama".

"Craig, deja de jugar. No quiero subir a la cama; quiero irme. Siento lo de Brianna. Te lo contaré todo cuando estemos solos. No tuve elección, Craig: era ella o yo". Levanté las cejas al fijarme en su vestimenta. "¿Por qué estás vestido así?"

El Dr. Smidget se aclaró la garganta. "Damien, Craig trabaja aquí y tú no lo conoces personalmente. Por favor, túmbate; no quiero tener que llamar a las otras enfermeras para que te sujeten".

"Sí lo conozco. Es el hijo del Sr. Ralph, Brandon, pero luego fue adoptado como Craig. Mi hermana Dawn iba a casarse con él, pero hizo que lo arrestaran. Es una larga historia, pero es mi amante, y estoy lista para ir. Vamos, Craig". Extendí la mano hacia el brazo de Craig.

"El Sr. Ralph no tenía hijos. Ya lo sabes. En una de nuestras sesiones, me dijiste que el Sr. Ralph te decía constantemente que no tenía un hijo. Imaginaste a un niño llamado Brandon, y más tarde le cambiaste el nombre a Craig. Cada vez que un nuevo enfermero trabaja aquí, se convierte en tu

Brandon imaginario. Sé que puedes estar confundido, pero te necesito en la cama".

"¡Eres un maldito mentiroso! Él es Craig, y me lo follé. ¡Me lo follé en la cabaña, y me lo follé en la nieve!" Mi voz se elevó a un grito. "Diles, Craig, diles cómo hicimos el amor. Vamos, nene, estoy listo para salir ahora. Siento haber mantenido el secreto durante tanto tiempo. Ayúdame a salir de aquí y podremos arreglar todo".

"¡Suficiente, Damien!" El Dr. Smidget gritó. "Craig está casado y tiene dos hijos, y tú no lo conoces fuera de esta institución mental. ¡Basta!"

"¡Están todos locos! Necesito a Dawn. ¿Me he perdido su funeral? Brianna me hizo matarla. ¿Puedes creerlo, Craig? ¿Cómo he llegado hasta aquí? ¿Puedo hacer una llamada telefónica?"

"¿Qué funeral?" El Dr. Smidget respondió. "Tu hermana gemela murió al nacer y tú finges ser ella. Cuando te conviertes en Dawn, entras y sales de la realidad. Vives en este mundo imaginario en tu mente durante unas semanas antes de volver a la realidad. Es tu forma de escapar de la verdad. Ahora necesito que te calmes".

El Dr. Smidget se acercó, mostrando la aguja en su mano.

"¿La verdad?" Respondí. "¿Cuál es la verdad? Te equivocas. Dawn no murió al nacer. Dawn ha estado conmigo toda la vida. ¿Estás loco? Acaba de estar aquí... ¿recuerdas, Craig?" Se me llenaron los ojos de lágrimas. "La arrojé de la montaña y tuvo amnesia. Recuerda que Brianna le disparó dos veces,

¿recuerdas?"

Craig parecía impasible, ignorando por completo a Damien. Se giró para mirar al Dr. Smidget como si esperara una confirmación para pedir ayuda.

"¿De verdad crees que podrías lanzar a alguien desde una montaña y que sobreviviría?" Dijo el Dr. Smidget. "Piénsalo, Damien. Brianna no pudo haber disparado a Dawn porque Brianna murió en el fuego cuando la quemaste viva. Odio decirte esto, pero Dawn murió al nacer. Ella no existe, y tú mataste a Brianna hace años".

"Ella sí existe. Vi a mamá hablando con ella todo el tiempo. Dawn y Brianna eran mejores amigas, y Dawn era la favorita de papá. Brianna empezó a salir con papá sólo para acercarse a Dawn y matarla". Me volví hacia Craig. "Te hice salir con Dawn porque empezó a actuar de forma sospechosa. ¿Recuerdas?"

Craig no dijo nada mientras preparaba las ataduras.

"Lo siento, Damien -no conozco a ninguna de estas personas-", confesó finalmente. "Pero déjame ayudarte a acomodarte. Sabemos que odias las agujas, pero te relajará".

"¡No!" Grité. "¿Así que yo maté a mi madre? ¿Fui yo? ¿Yo hice todas esas cosas horribles? Yo amaba a mamá. ¿Cómo pude?" Lloré.

"Sí, Damián", dijo pacientemente el Dr. Smidget. "Repasamos esto cada pocas semanas. Lo siento mucho, pero tú mataste a tu madre, mataste al señor Ralph, mataste a Brianna y a tu tía Sheryl. De nuevo, Dawn murió al nacer. Has estado aquí en la institución desde que tenías dieciséis años; ahora tienes veintitrés. Te encontró el detective Ross cuando asesinaste a tu madre y a tu tía Sheryl. Estuviste en la casa con sus cadáveres durante tres meses, por lo que los tribunales te declararon demente".

"¡No! Eres un mentiroso. Dawn lo hizo. Yo la vi. ¡Todos ustedes la vieron! Craig, ibas a casarte con ella y la dejaste embarazada. No puedo creer que no lo recuerdes. ¿Y tu hermana Bella? Dile al Dr. Smidget que Brianna no está muerta. Dile que es Bella".

El Dr. Smidget suspiró. "Craig, pide refuerzos. Esto no va a ninguna parte".

"¿Qué pasa con papá? ¿No me dio una paliza? ¿No me mandó al hospital?"

"No, Damien, pero vino a verte cuando salió de la cárcel. Te declararon loco en el juicio, y todos los cargos de tu padre fueron retirados. Odio decirte esto, pero tuviste un episodio cuando tu padre se fue, y uno de los pacientes llamado Mike te atacó físicamente, y tuvimos que separarlos a ambos durante tres días."

"Doctor, ¿con quién cree que está hablando?" pregunté, frustrado. "Cree que soy algún tipo de maldito loco. ¿Cree que dejé que un chiflado me diera una patada en el culo? ¿Quién es Mike? ¿Dónde está ahora?"

El Dr. Smidget empezó a revisar su historial. "Cálmate, Damien. No me gustaría sedarte después de un episodio. Estoy tratando de hacer esto de la manera más fácil. No queremos que vuelvas a tener un largo desmayo, es peligroso".

Emma se acercó a la habitación, flanqueada por dos enfermeras.

"¡Sra. Emma!" Grité. "¡Por favor, ayúdeme! Dígales que usted era la consejera de la prisión. Dígales que estuve allí. Ella me conoce; ¡les dirá!"

"Hola, Damien", dijo Emma con calma al entrar en la habitación. "Me alegra ver que estás entrando en razón. Soy tu terapeuta aquí en el centro. Sé que después de uno de estos episodios, te sientes extremadamente estresado y abrumado. Es probable que las cosas se sientan confusas, pero el Dr. Smidget tiene sus mejores intereses en mente. Podemos tener una reunión individual mañana, ¿de acuerdo? Ahora mismo, necesito que cumplas".

"¡No está bien, perra! ¡Díselo! Oh, ya veo; todos aquí quieren hacerme parecer un loco. Poner a todos los jugadores en una habitación, y yo soy el psicópata. ¿Así es como funciona esto? ¿Y la cárcel? Fui a la cárcel, y había un hombre allí llamado Loco Joe. Era mi compañero de celda, y tú eras mi consejera. No sé por qué mientes, Emma, ¡pero esto no está bien!"

Retrocedí hasta la esquina de la habitación, levantando las manos para defenderme.

"Joe el Loco es tu compañero de habitación aquí en el centro, Damián", explicó el doctor Smidget, sacudiendo la cabeza. "Te pedimos que dejaras de llamarle Joe el Loco porque es ofensivo para los demás pacientes, ¿recuerdas?".

"Entonces, ¿acaso soy gay?" pregunté mientras miraba a mi alrededor. De repente, la institución mental empezó a resultarme muy familiar. Mi corazón se desaceleró y me di cuenta de que alguien me había clavado la aguja mientras estaba distraído.

"No podemos asegurarlo", respondió Emma. "Sueles estar bastante obsesionado con los enfermeros, pero por lo que sabemos, sólo has tenido sexo una vez, y fue con Brianna antes de matarla. Tengo que darte los hechos, por duros que parezcan, para que sepas quién eres de verdad. Esta es la única manera de que puedas empezar a sanar".

"¿Dices que inventé todo esto para no tener que enfrentar la verdad? ¿Las pesadillas también?" Me estremecí, pensando en mamá.

"Sí, Damien, las pesadillas también", respondió el doctor Smidget. "Acuéstate ahora, y si estás tranquilo cuando te despiertes, te dejaremos volver a tu habitación habitual".

"De acuerdo, cooperaré. Sólo responda a esto. Todo lo que le reproché a Dawn... ¿fue lo que realmente yo hice? Hasta los dieciséis años, ¿verdad?"

"Sí, y parece que siempre has tenido a Dawn como hermana imaginaria desde que eras muy joven", admitió Emma.

"Entonces, ¿qué cambió a los dieciséis años? Por favor, dímelo".

"Damien, a los dieciséis años, tiraste a tu tía Sheryl por las escaleras y le rompiste el cuello después de que ella encontrara el cuerpo de tu madre en el sótano. La culpa por haber asesinado a tu madre es lo que te volvió oficialmente loco. Todo, desde ese momento, fue inventado en tu mente. La verdad es que viviste solo durante tres meses con los cuerpos de ambas fallecidas hasta que el detective Ross te encontró y te arrestó por los otros asesinatos. Entonces te enviaron aquí, y no te has ido desde entonces".

"Pero se sintió tan real. Vi a Dawn hacer esas cosas".

"Todos interpretamos un personaje en tu mente, Damien, cualquier personaje que te haga sentir como la víctima. Es la forma de lidiar con la culpa. A veces soy el médico de Dawn. A veces Craig es tu amante. A veces Joe es tu compañero de celda, o tal vez Emma es tu consejera de la prisión. A veces devuelves a Brianna a la vida y le cambias el nombre por otro -Bella, por ejemplo- para no tener que enfrentar lo que le hiciste. En tu mente, nos conviertes en quienes quieres que seamos para ocultar tu secreto, tu verdadero secreto".

"¿Cuál es mi verdadero secreto?" Pregunté mientras mis ojos se llenaban de lágrimas.

"Tu verdadero secreto que te ocultas a ti mismo es que eres un asesino en serie de sangre fría", respondió Emma. "Todo el mundo lo sabe, pero tú te lo ocultas a ti mismo".

Mis ojos se hundieron cuando el tranquilizante hizo efecto.

"Descansa un poco", añadió Emma. "Es suficiente

por hoy. Hablaremos más mañana".

Me desperté en un lugar familiar. Era mi casa. Tenía cuatro paredes blancas y una compañera de cuarto que gritaba todo el día. Probablemente me merecía algo mucho peor. Probablemente merecía no estar allí.

Me sentía débil por las drogas que el Dr. Smidget me había dado el día anterior. Algunas cosas las recordaba, y otras no. Según el personal de allí, yo elegía lo que quería recordar. ¿No somos afortunados de tener opciones en la vida? A menudo elegí no ser normal. Podría haber fingido ser un buen hijo. Podría haber vivido mi vida como el resto de los imbéciles aburridos. Pero elegí vivir fuera de la realidad.

A veces, metía la pata. Matar a mamá fue un momento de cagada. Realmente la quería. ¡Ese día no se callaba! Al parecer, me vio salir de la casa del Sr. Ralph la noche que inicié el incendio, y no lo dejó pasar. Ella estaba en el sótano lavando, y le pedí que lo olvidara y siguiera adelante. Ella dijo: "No". Discutimos y la empujé muy fuerte. Su cabeza golpeó el cemento y murió al instante.

No pude asumir lo que había hecho. Subí corriendo las escaleras y me escribí una carta de mamá diciéndonos a Dawn y a mí que tenía que irse. Puse la carta bajo mi almohada y mantuve esa historia viva en mi mente. De ese modo, mamá nunca estaría muerta; sólo se había ido al mercado. El único problema era que la muerte de mamá me impedía funcionar. Podría haber matado a cien personas más antes de que me atraparan, pero las madres son especiales.

Cuando mamá murió, yo también morí. Ya no podía moverme estratégicamente. Me volví tan loco que me quedé en esa apestosa casa con dos cadáveres porque tenía miedo de la realidad. Mamá fue la razón por la que me atraparon. De alguna manera enfermiza, no quería dejarla.

El Dr. Smidget era un idiota. Jugaba con él todo el tiempo, sólo para conseguir más drogas, sólo para escapar de mi verdadera realidad.

"Te dije que cuando te vas, ellos se van", dijo el Loco Joe. "Lo que sube debe bajar. Te lo dije, te lo dije, carajo. Estamos en un planeta desconocido".

"Loco Joe, no empieces con esa tontería del planeta desconocido", dije mientras me levantaba para lavarme los dientes. "Tuve una larga noche, y no estoy de humor para tu charla de locos ni para ninguna de esas locuras".

"Una mierda loca para el Loco Joe". ¿Y tú *me* llamas loco? Mataste a toda tu familia, tipo rudo. Debería llamarte Loco Damien, pero no suena tan bien. No sabes nada de lo que sube, y seguro que no sabes de lo que baja. Por eso estás atascado".

Joe el Loco sacó su cuaderno y escribió repetidamente las palabras *una mierda loca para Joe el*

Loco.

Empecé a cepillarme el pelo. "Oh, ¿quieres hablar de lo que hice? ¿Recuerdas cómo llegaste aquí, Loco Joe? ¿Lo recuerdas? No importa. No tengo tiempo para hablar contigo hoy. Tengo una cita con Emma". "No tienes ninguna maldita cita con Emma. No tienes nada, absolutamente nada. Hasta que no te des cuenta de que estamos en un planeta desconocido, no tendrás nada, y no serás nada".

"Yo soy algo. Todo el mundo me ve, y tú sólo estás celoso de que tenga una cita con Emma. ¿Cuándo fue la última vez que alguien vino a hablar contigo?"

"Ayer. Sí, ayer, no hoy o mañana, sino ayer. Conozco mis cosas. Sólo estás desmayado, así que nunca me ves hablar con Emma, pero lo hice ayer. No es una cita. ¡Ni siquiera le gustas a Emma! No le gustas a nadie, Damien, ni siquiera a tu hermana imaginaria".

"A mí tampoco me gusta ninguno de vosotros, ni siquiera Emma. Mi verdadera cita es con Craig, y Emma es sólo la forma en que Craig y yo podemos vernos discretamente. De todos modos, métete en tus asuntos y apártate de mi camino".

"¡No me digas lo que tengo que hacer! Te azotaré el culo peor de lo que lo hizo Big Mike. Te hizo rodar por el suelo llamando a tu madre. Sé que lo que sube debe bajar, así que nadie intenta azotar mi trasero. ¡Te lo diré! Te lo diré hoy, no ayer, sino hoy. ¿Me entiendes?" Los ojos del Loco Joe estaban muy serios.

"¡No! No sé de qué estás hablando hoy o ayer".

El Loco Joe siguió hablando, pero yo ignoré sus tonterías. Me sentí aliviado cuando oí los zapatos de tacón barato de Emma haciendo clic en el pasillo. Emma creía que podía arreglarme. Se creía la maestra del asesoramiento. Jugaba con su mente en cada sesión como una vieja muñeca de trapo. A veces pensaba en retorcerle el cuello flaco y arrugado. Quería que se callara, igual que quería que se callara el Loco Joe, igual que había querido que se callara Brianna.

Brianna había tenido el valor de decir que la había violado. Ella lo había querido, tal vez no tan duro como se lo di, pero lo había querido. La asfixié hasta la muerte con mis propias manos para que se callara. Luego sumergí mi pene en su cadáver mientras ella estaba sentada sin vida y muerta. Su boca aún estaba caliente mientras metía y sacaba mi pene lentamente hasta que liberé toda mi energía por toda su cara. Fue lo más estimulante que había experimentado.

Emma se estaba acercando. Podía sentir que estaba a punto de abrir la puerta en cualquier momento. Estaba seguro de que llevaría una falda lápiz con una blusa blanca, y estaría dispuesta a hablarme con un tono tembloroso, como si caminara sobre cáscaras de huevo. Siempre tenía miedo de que me enfadara, y eso la asustaba mucho. Me hablaba como si fuera un niño, y yo lo odiaba. Odiaba el miedo. Deseaba que le crecieran las pelotas y me hablara. Emma quería saber qué pasaba por mi cabeza, y si dejaba de ser una nenaza y me hablaba claro, se lo diría.

Craig me acompañó a su despacho con sus musculosos brazos. Se quedó allí durante todas las sesiones para asegurarse de que no atacara a nadie.

Emma tenía el típico despacho de terapeuta. Había una silla larga para los pacientes, una silla rígida para que ella se sentara, algunas plantas estúpidas y unos cuantos libros en las estanterías. Dios, todo el mundo era tan jodidamente ordinario. Me daba asco. Cada vez que ponía un pie en su despacho, quería matarla y librar al mundo de su ordinariez. No podía ser feliz, pretendiendo ser como los demás.

Hoy era el día en que me miraría en el espejo. No me había mirado en uno desde la muerte de mamá: era demasiado doloroso.

"Damien, ¿cómo te sientes?" preguntó Emma en un tono bajo y compasivo.

"Emma, ¿cómo te sientes?" Me burlé. "¿Oyes cómo suena eso? ¿Quieres que alguien te hable como si fueras un niño de tres años?"

"No, Damien. ¿Cómo te gustaría que te hablara?"

"¡Realmente! He decidido abrir esta sesión, y de hecho te contaré algunas cosas, pero sólo si puedes ser real".

Emma levantó una ceja. "¿Cómo quieres que sea? ¿Qué es real?"

"Me gustaría que fueras tú misma. Que me hables como una amiga, no como una terapeuta".

Me senté en la silla en vez de en el sofá. "Antes de empezar, debes hacer dos cosas".

"Sabes que ese es mi lugar, Damien. Por favor, siéntate donde debes".

"Estoy cansado de sentarme ahí, y me gustaría sentarme aquí para esta sesión. ¿Vas a hacer las dos cosas?" Mantuve la espalda recta, como un verdadero profesional.

"De acuerdo, Damien. Me sentaré en la silla del paciente", respondió Emma mientras se sentaba, moviéndose incómodamente. "¿Cuáles son las dos cosas?"

"Has tomado una buena decisión al seguirme el juego. Lo primero que necesito es que te desabroches los tres primeros botones de la camisa, no hasta el pecho, pero sí lo suficiente como para que no te llegue al cuello. Me molesta, y odio que seas tan corriente. Lo segundo es quitarte esos zapatos baratos. Deja que tus pies sientan la alfombra, o tus medias o lo que sea". Señalé sus pies.

"¡Emma, no tienes que hacer eso!" soltó Craig, que montaba guardia en la puerta.

"Está bien, Craig. Le seguiré el juego. Si Damien va a ser honesto en esta sesión, ¿qué son unos cuantos botones y un par de zapatos que me están matando los pies de todos modos?", bromeó ligeramente mientras se desabrochaba la blusa y echaba los tacones a un lado.

"Muy bien", dije. "Esto es lo más auténtico que te he visto. ¿Cómo te sientes?"

"Me siento bien. Ahora vamos a empezar. ¿Podemos hablar hoy de mamá?"

"¡No!"

"Pensé que estabas listo para abrirte". Parecía decepcionada. "Bien, ¿podemos hablar de Dawn entonces?"

"¿Qué quieres saber?"

Emma se retorció en el sofá, tratando de ponerse cómoda. "¿Por qué crees que está viva? ¿Por qué la culpas de todo?"

"Dawn está muy viva. Los gemelos son especiales. Para el mundo, Dawn murió al nacer, pero en realidad no lo hizo. Dejó su cuerpo y saltó hacia el mío. Dawn es el verdadero monstruo. No tienes idea de lo que es capaz de hacer. No siempre puedo controlarla". Bajé la cabeza.

"¿Desde cuándo eres consciente de que Dawn forma parte de ti?", preguntó mientras escribía algo en su libreta.

"Desde que tengo uso de razón. Empezó con algo pequeño. Dawn me quitaba cosas de las manos y me decía que golpeara a mis amigos. Eso fue sólo el principio".

Emma me miró directamente a los ojos. "¿Cómo sabes que era Dawn y no una voz no deseada en tu cabeza? Todos tenemos voces y pensamientos en nuestra mente".

"Pero no es una voz. *Tú* no puedes verla, pero yo la veo claramente. Ahora mismo, está sentada a tu lado. En realidad está molesta porque estoy hablando contigo. Me dijo muchas veces que no hablara de ella en la terapia".

"Entonces, ¿está sentada aquí?" Emma señaló a su

derecha.

"No, ella está en el otro lado". Señalé.

"¿Tienes miedo de Dawn?" Preguntó Emma, evitando mirar hacia su otro lado.

"No, pero deberías tenerlo. Dawn no puede hacerme daño físicamente, o le haría daño a ella también. Sólo puede hacerme daño mentalmente haciéndole cosas a la gente que quiero. Como a mamá". Volví a bajar la cabeza.

"¿Cómo es que Dawn está haciendo estas cosas en vez de ti?"

"¿Acaso estás escuchando?" Respondí, frustrado. "Ella está viva y puede hacer lo que quiera. A veces, se apodera de mi cuerpo cuando estoy dormido. Ella decide y yo no puedo controlarla".

"Siempre te he visto fuerte e inteligente. ¿Quieres decir que no puedes controlar a tu hermana gemela muerta?" Ella levantó las cejas.

"No, no puedo. Dawn ha estado conmigo desde que nació y la quiero. Estamos unidos, y aunque me cabreen sus acciones, ella es yo, y yo soy ella".

"¿No crees que ella es sólo tu amiga imaginaria y una excusa para que sigas haciendo cosas horribles? Te permite cómodamente culpar a otra persona. ¿Nunca tienes que enfrentarte a ella?"

Emma trató de abrochar uno de sus botones mientras yo no miraba.

"Deja tu camisa en paz, o dejaré la sesión. No,

Dawn no es una amiga imaginaria. Es real; Brianna sabe que es real". Emma estaba empezando a agitarme, y lo sabía.

El lápiz de Emma arañó el papel. "Háblame de Brianna. ¿Era tu mejor amiga o la de Dawn?"

"Era la mejor amiga de Dawn, pero estaba enamorada de mí. Brianna era encantadora y dulce. Dawn la torturó mentalmente desde el principio". Sacudí la cabeza.

"¿Así que fue Dawn quien la violó y la mató? ¿Y no tú?"

Me crucé de brazos. "Nunca dije que fuera inocente, Emma. Tuve sexo duro con ella, pero no lo llamaría violación; ella vino voluntariamente al parque conmigo esa noche. No la secuestré ni la arrastré hasta allí".

"Bueno, ¿quién la mató?" preguntó Emma.

"Dawn la mató. Tuve sexo oral con su cadáver después, pero en realidad no maté a ninguno de ellos. Dawn es la asesina. Yo hago cosas, pero los dejo vivir. Dawn tiene un temperamento, y por eso mata a todos".

"Damien, tengo que ser honesto. Creo que te favorece culpar de todo a Dawn".

"Piensa en esto, Emma. Si yo fuera el asesino, ¿no habría matado a papá? Yo lo odio más, pero Dawn lo ama. Papá es su debilidad, y ella nunca le haría daño. Pero yo sí lo haría. No quiero a papá en absoluto. Es un borracho tramposo que no sirve para nada".

"Entonces, Damien, ¿qué pasa si amas a papá? ¿Y si lo amas más, y por eso no lo mataste? ¿Cómo sabes si es verdad o no? ¿Estás seguro de que matarías a tu padre?" El lápiz de Emma se movía a un ritmo frenético. Su voz sonaba distraída, confusa, como si le costara seguir el ritmo.

"La pregunta debería ser", repliqué, "¿cómo sabes lo que es verdad o no? ¿Sabes quién eres realmente?".

"Por supuesto que sí", respondió Emma, "pero esto no tiene que ver conmigo".

"Tampoco se trata de mí. No creo que sepas quién eres. Todos interpretamos diferentes personajes, Emma. Tú finges mucho. Veo que cambias tu tono de voz cuando el Dr. Smidget se acerca; te conviertes en una lameculos, y eso es un personaje. Veo cómo bromeas con Craig y tratas de ser amable con el resto del personal, y eso es un personaje. Luego te pones seria con los pacientes y haces todas esas preguntas tontas, y eso es un personaje. Pero tú no sabes quién eres".

Sonreí. "Mírate ahí sentada, incómoda, porque tienes la blusa desabrochada y los zapatos fuera. Probablemente temes que alguien te vea y piense que estás siendo poco profesional".

"Vale, ¿entonces ahora soy yo la paciente?", preguntó, soltándose moviendo los hombros.

"Por supuesto que no", dije, sentándome de nuevo

en la rígida silla de Emma. "Sólo estoy estableciendo que claramente no sabes lo que es verdad o no".

"Gracias por señalar eso y gracias por abrirte sobre Brianna. Es lo máximo que hemos hablado de ella. Hoy me gustaría preguntar sobre mamá. Todos los años que has estado aquí y nunca has dicho una frase sobre tu madre. Hablar de ella realmente ayudará a tu progreso".

Fruncí el ceño. "¡Ya está! Siempre te pasas de la raya. Vale, hablemos, pero antes debes desabrocharte otro botón y quitarte las medias. Tienen una corrida en tu pierna derecha, y es poco favorecedora".

"Señora Emma, no tiene que hacer eso", insistió Craig. "Damien, ahora estás yendo demasiado lejos".

Miré fijamente a Craig. "¿Demasiado lejos? Sí, ¿como cuando te metí la polla en la garganta? Pensé que la terapia se suponía que era privada, de todos modos".

"Hijo de..." Craig comenzó a gritar antes de que Emma lo cortara.

"Damien, el Dr. Smidget ordenó que nadie se quede a solas contigo", dijo ella. "Concéntrate en nosotros, no en Craig. Al principio de la sesión, dijiste que sólo tenía que hacer dos cosas. No estás cumpliendo tu palabra, Damien". Ella miró sus pantimedias rasgadas.

"También dije que no hablaría de mamá. Dijiste que sí, y ahora *tú* no estás cumpliendo tu palabra".

"Mira, Damien; si me desabrocho un botón más, estaré mostrando el escote, y eso es poco profesional. Las medias pueden irse; estoy de acuerdo en que no son muy favorecedoras".

"El botón o nada. Sólo tienes que arrancar las medias y dejar de darle vueltas a la cabeza. Además, según todo el mundo aquí, soy gay. No me gusta tu escote. Quiero que te sientas tan incómoda como me estás haciendo sentir a mí. Ahora hablemos". Le hice un gesto para que se pusiera en marcha.

"Esto es ridículo", dijo mientras se arrancaba las medias y se desabrochaba el siguiente botón, dejando al descubierto la línea de pliegue de sus pechos.

"¡Genial! Ahora que pareces una puta, podemos hablar", me reí. "Mamá era una zorra. Siempre olía bien y era la definición de la belleza negra. Tenía un pelo grueso y natural, no como ese falso que llevas tú. Estaba completamente obsesionada con el pelo de mamá. Debería haber sido chef. Cocinaba mejor que nadie que haya conocido hasta hoy".

Sonreí. "Oh, y sus abrazos. Eran los mejores. Te abrazaba fuerte y te frotaba la espalda. Era tan reconfortante. Pero..." Me detuve a mitad de la frase.

Los ojos de Emma brillaban de curiosidad. "Pero, ¿qué? Por favor, continúa".

"Pero ella era débil. Como tú. Mamá quería ser aceptada por todos, especialmente por papá. También se quejaba mucho".

Emma se inclinó hacia atrás, ofendida. "¿Crees que soy débil? ¿Qué quieres decir con "aceptada"? ¿Por qué sigues comparándome con tu madre?"

"Sí, eres débil. Incluso más débil que mamá. No te pareces en nada a mamá, así que no creas que te estoy comparando. Mi madre era magnífica, y tú eres mediocre en el mejor de los casos. La única similitud es que ambas querían ser aceptadas. No puedes ser tú misma".

Cogí el recipiente de cristal y me serví un vaso de agua.

Emma se cruzó de brazos. "No estoy de acuerdo. No me conoces en absoluto, Damien".

"Creía que se trataba de mí, no de ti". Levanté el recipiente de vidrio. "¿Agua?"

"No, gracias. Por favor, continúa".

"Mamá era inteligente, pero a veces hacía cosas estúpidas. Realmente me cabreaba. Como una vez, que estaba debajo de la cama rezando como si Dawn no pudiera llegar a ella debajo de la cama. La mirábamos y nos reíamos. Dawn estaba un poco celosa de mamá, ¿sabes?"

"¿De verdad? ¿Por qué ibas a estar celoso de tu madre? Quiero decir, ¿por qué iba a estarlo Dawn?"

"Dawn quería toda la atención de papá, y no le gustaba cuando mamá estaba cerca. Pero será mejor que deje de hablar de eso porque Dawn se está enfadando. No me gustaría que te hiciera daño".

"¿Hacerme daño? No le tengo miedo a Dawn, Damien".

"Pues deberías tenerlo". Me reí. "Dawn te matará y no pensará en nada. ¿Crees que estás a salvo? ¿Es eso? Sé que no crees que el débil de Craig pueda salvarte. Si Dawn realmente quisiera quitarte el aliento ahora mismo, estarías muerta, Emma". Volví a reírme.

"Recuerda que no se trata de mí. Sólo te digo que no tengo miedo de Dawn, eso es todo".

"Bien, volvamos con mamá. Ella no sabía cómo dejar pasar las cosas. Vio a Dawn salir de casa del Sr. Ralph la noche del incendio. Le dije que no la presionara, pero no me escuchó".

"A menudo te he oído decir: 'Mamá habló con Dawn'. ¿Mamá reconoció a Dawn?"

"Dawn siempre está cerca. He oído a mamá decirle que haga cosas, pero se dirigía a mí. Sólo se ha dirigido a mí como Damien, pero ciertas cosas sabía que se las decía a Dawn".

"Entonces, ¿por qué mataste a tu madre?" Preguntó Emma sin rodeos.

"¿Quién ha dicho que la maté? Ya está bien de hablar de mamá. Estáis empezando a cabrearme. Cada vez que intento confiar en una de vosotras, zorras, vienen las gilipolleces. No se le pregunta a alguien una mierda como esa, especialmente cuando está intentando abrirse".

Me levanté para irme. "No importa, a la mierda con esto".

"Damien, espera. Por favor, espera. Cálmate. Lo siento mucho. Eso fue extremadamente grosero de mi parte. Por favor, siéntate y empecemos de nuevo".

"Me encanta oírte suplicar. Mírate. Te pareces cada vez más a una prostituta a medida que pasan los minutos. Sentada ahí, descalza, con las piernas sin depilar, la blusa desabrochada, suplicando que el malo de Damien se siente. Eres realmente un individuo patético, Emma".

Me senté de nuevo en su silla, luego crucé las piernas y esperé su respuesta. El miedo estaba escrito en su cara.

"Damien, me he dado cuenta de que te encanta insultar a las mujeres. ¿Te hace sentir bien?"

Me serví otro vaso de agua. "Sólo insulto a las débiles. ¿Te sientes ofendida?"

"No. Sólo tengo curiosidad. Así que si no podemos hablar de mamá, ¿podemos al menos hablar de tu tía Sheryl?"

"Ugh, esto se está volviendo muy aburrido. No voy a gastar energía en Sheryl. No hay ninguna historia ahí. Era una excusa de humana gorda, apestosa y cabreada, y no merecía respirar este aire. Le hicimos un favor al mundo. Confía en mí".

"Entonces, ¿fuiste tú quien la mató o Dawn?" preguntó Emma mientras escribía en su libreta, sin levantar la vista.

"Tal vez seas lenta, ya sabes, o retrasada mental. Así es como papá llamaba a la gente como tú. ¿Qué es lo que no entiendes? Yo soy Dawn, y Dawn soy yo. Soy malo, y eso lo admito, ¡pero Dawn es la asesina!"

"No, Damien. No creo que sea retrasada. Terminé de primero en mi clase. Sólo quería asegurarme de que entendía los papeles que interpretabas".

Ella suspiró. "Bien, cambiemos de tema. En cada sesión, mencionas otra víctima que no conocemos. ¿Te importaría compartirlo hoy?"

"Supongo que puedo contar un poco. Primero, quiero un refresco. ¿Puede Craig ir a buscarlo?"

Emma puso su libreta y su lápiz a su lado en el sofá. "Sabes que Craig no puede salir de la habitación. No puedo traerte un refresco, ¿pero te serviría un jugo de manzana?"

"Supongo. Siempre quieres algo de mí, pero es difícil conseguir algo de ti".

"Lo siento, Damien", dijo Emma mientras se dirigía a su mininevera y sacaba un jugo de manzana pequeño.

Cogí un bolígrafo de su escritorio para usarlo más tarde. Me lo metí rápidamente en el bolsillo. Puso el jugo en la mesa junto a mí en lugar de dármelo.

"Por favor, continúa con tu última víctima", dijo mientras se sentaba de nuevo y cogía su lápiz y su cuaderno.

"Maldita sea, ¿puedo terminar mi jugo primero?" pregunté groseramente.

"Lo siento. Sé que mencionaste a una mujer llamada Vanessa durante tu desmayo. ¿Es ella tu última víctima?"

"No. Me aburría con mi imaginación y me inventé a Vanessa. Nunca la he conocido. Cuando tengo estos oscuros desmayos en mi mente, cualquiera puede ser cualquiera. Vanessa era pura ficción, pero disfruté torturándola en mi mente".

Me bebí el jugo de manzana de un solo trago. "Pero volviendo a tu pregunta: Mi última víctima fue un hombre, y se lo merecía".

"¿Es un hombre que conoces o un completo

desconocido?"

"No me interesan los desconocidos; no son nadie para mí. Por eso, en realidad, Vanessa no habría sido una opción. Sí, conocía a la víctima, como tú le llamas. Era patético, y odiaba mirarlo. Te daré una pista, sin embargo, jugó un papel importante en mi infancia".

"¿Un papel importante en tu infancia? ¿Como un predicador o algo así? ¿Lo mataste tú o tu versión de Dawn?"

"¡Yo lo maté!" Grité con confianza.

"Estoy confundida. Pensé que habías dicho que eras malvado, pero que Dawn era la asesina. ¿Por qué mataste a esta persona en particular?" El lápiz de Emma arañó violentamente el bloc de notas.

"Se lo merecía. Mamá no lo merecía. Brianna tampoco. Dawn mata a cualquiera, pero yo sólo mato a la gente que se lo merece. Tengo corazón, ya sabes".

"Sí, lo sé. ¿Qué edad tenías cuando esta persona fue asesinada?"

"Hmmm. Tal vez te estoy dando demasiado. Sí, creo que he dicho lo suficiente. He terminado con esto. Vamos, Craig, llévame a mi habitación, gran polla, brazos fuertes, sexy hijo de puta". Me lamí los labios.

"De acuerdo, Damien, creo que es suficiente por hoy también", dijo Emma mientras deslizaba su pie derecho de vuelta a su zapato. "Quizá la semana que viene podamos conseguir más cosas para ayudar a tu tratamiento. Sin embargo, estoy súper orgullosa de ti por abrirte hoy".

"Dawn me dijo que te dijera que no tendremos sesión la próxima semana".

"¿Y eso por qué?" preguntó Emma, abotonándose la camisa hasta el cuello.

"Dijo que no estaremos aquí", susurré, cubriendo mis labios con los dedos.

Epílogo

Para ti,

Sí, a ti. Sí, me dirijo a ti, el que está leyendo estas palabras ahora mismo. ¿Estás decepcionado? ¿Esperabas que yo pudiera ser una persona mejor? ¿Querías que Dawn existiera realmente para que yo pudiera ser la víctima? Quiero decir, ella existe, pero no en tu mundo. Ella vive en mi mundo, y ahí es donde has estado; has estado atrapado en mi mundo. Te has consumido en mi mente y en mis pensamientos. Espero que en algún momento hayas querido que ganara, que hayas querido que fuera inocente, que hayas querido que fuera libre. Yo también quiero ser libre de esta mente.

Tú puedes irte y seguir con tu vida cotidiana. Yo estoy atrapado aquí con este cerebro aterrador. Puedo sentir que estás a punto de dejarme pronto. Creo que nuestro tiempo está llegando a su fin. Eso me cabrea. Sé que no puedo mantenerte atrapado en mi mente para siempre. Si has llegado hasta aquí, te he retenido el tiempo suficiente. Espero que sepas que me arrepiento de haber matado a mamá. Ella es la única persona que me ha querido. Mentiría si te dijera que me arrepiento de cualquier otra cosa. Estoy un poco decepcionado por estar en este agujero infernal de un hospital psiquiátrico; estoy aún más decepcionado por no haberme ido nunca. Llevo aquí desde los dieciséis años. Qué desperdicio de vida. Hay mucho más que quería hacer.

¿Me estás escuchando? Espero que estés escuchando porque, como sabes, odio que me ignoren. Por favor, presta atención; sólo lo diré una vez. Si te alejas, podrías perdértelo. Estoy rezando para mantener la emoción de apuñalar a mi última

víctima en mi mente durante el mayor tiempo posible. Sigo repitiendo el acto y deseando tener más tiempo. Quería verle sufrir por todo lo malo que había hecho. Cada vez que clavaba el cuchillo en la carne de su cuerpo, sonreía por dentro. La hoja que golpeaba su piel era dura; pensé que no lo perforaría, pero una vez que lo hizo, la sensación recorrió todo mi cuerpo. Sentí cada grito en mi espalda, y casi se sintió como un orgasmo.

Sé que esto es difícil de comprender. Has estado en mi mente durante horas. Siguiendo una historia que no existe. ¿Cómo de jodido es eso?

¿Quieres que te lo explique? No puedo. No puedo darte tanto poder. No me juzgues. En este momento, estás eligiendo perderte en mi mente, y te lo agradezco. Necesito tu compañía. Estoy atrapado aquí, pero tú no. Pero por favor, no te vayas hasta que terminemos esto, de una vez por todas.

De acuerdo, sé lo que has venido a buscar. Quieres respuestas. Quieres un cierre. Eres igual que los demás. Siempre estás buscando algo. La tía Sheryl buscaba algo cuando tiré su gran trasero por las escaleras. Estaban equivocados; su cuello no se rompió por la caída. Le rompí el cuello después de torturar su apestoso culo durante semanas. Ella quería follar con niños pequeños porque era desagradable y estaba sola. ¿Puedes creer que trató de hacerme chupar su pecho? Puaj, sólo de pensarlo me dan ganas de vomitar.

Hablando de pervertidos, hablemos de ese monstruo de labios rosados y marrones. Sr. Ralph. Bueno, supongo que si yo era Dawn todo el tiempo, eso significaría que intentó meter sus asquerosas manos en mis calzoncillos. No hace falta decir que, por la forma en que le destrocé el culo, no volverá a molestar a otro niño. Lamento que no haya habido Brandon o Craig. El Sr. Ralph no tenía hijos. Todo fue una ilusión.

La verdad es que nunca he estado con un hombre. Sólo he estado con Brianna. Así que ni siquiera sé si soy gay. No sé una mierda. Sí creo que quiero que mi enfermero Craig me haga algo, pero a menudo creo que sólo quiero matarlo. Siempre anda por el hospital sonriendo con sus grandes dientes blancos. Estoy encaprichado con Craig. No sé por qué, pero sé que lo quiero de alguna manera. Brandon era el viejo enfermero que trabajaba aquí cuando llegué. Renunció. No pudo soportar mi constante acoso sexual. ¡Qué coño!

Hablando de coños, a menudo pienso en ellos. Es visceral y cálido. Quiero estar en él, sólo para destrozarlo. Quiero machacarlo hasta que la mujer grite. No me interesan los gritos placenteros; sólo quiero oír gritos dolorosos.

¿Eso hace que no sea gay? ¿Debería ser etiquetado en absoluto? ¿Y si simplemente me despierto y hago lo que quiera? Eso me vuelve loco. Creo que la mayoría de ustedes están locos. La mayoría de vosotros sois unos farsantes aburridos y criticones. Sí, lo he dicho. ¿Pero quién soy yo? Al diablo si lo sé. Lo único que sé con seguridad es que soy un asesino (algunos me llaman asesino en serie), y ese es mi verdadero secreto. Eso es todo lo que realmente sé.

Brianna era una vergüenza. Intenté darle un buen regreso en mi mente. Traté de hacerla fuerte, hermosa y una verdadera malvada. Quería sentir cómo se sentiría si llegara a ver la edad adulta. Lamentablemente, le robé eso. Quería que estuviera amargada y enfadada. Creía que se merecía una vida lujosa, aunque fuera. Sus padres siempre tenían las cosas más lujosas de nuestro barrio. Me imaginé que crecería con gusto a champán. Nunca sabremos cómo podría o no haber sido, ya que murió en el incendio.

La maté porque pensar en lo que había pasado entre nosotros me ponía enfermo. Al darle mi virginidad, le di un pedazo de mí. Ella fue mi segundo asesinato después del Sr. Ralph. Ella fue sólo una víctima.

Te agradezco que pases este tiempo conmigo. Es más atención de la que he recibido en toda mi vida. Me encantaría seguir charlando, pero nuestro tiempo está llegando a su fin. Quizá nos veamos por aquí. Si no, recuerda siempre: La verdad está en los ojos.

Hablando de ojos, estoy a punto de cerrar los míos para siempre. He oído que si te suicidas, irás al infierno. Bueno, en mi caso, ahí es donde iría de todos modos. Prefiero dejar esta vida mediocre en mis términos que dejar que la vida me mate. Si ninguno de esos imbéciles me ha matado, ¿por qué iba a dejar que la vida lo hiciera? Seguramente no quiero envejecer y morir en este infierno con estos locos hijos de puta.

Gracias por permitirme dejar esta carta de suicidio contigo. Después de todo, no tengo ninguna familia a la que dirigirla ya que los maté a todos, excepto a papá. Si te preguntas por qué dejé vivir a papá, no tuve opción. Estaba en la cárcel, y cuando fue liberado, yo ya había sido enviado al hospital de locos.

Mis ojos se debilitan mientras tomo esta última píldora. Me alegro de que mis últimos momentos hayan sido contigo. No importa dónde estés, en un sofá, en el trabajo, en tu cama o incluso en un avión, estás conmigo en este momento, mi último momento. Estoy increíblemente somnoliento ahora, y es seguro decir que mi tiempo aquí ha terminado. Sé que me echarás de menos, pero no te preocupes, te veré en el lado oscuro.

Atentamente,
Damien

"En otras noticias, hoy hemos recibido la información más inquietante sobre un homicidio. Esta historia golpea a muchas personas en la comunidad de Detroit. Por fin hemos encontrado al director desaparecido, Robert Lewis, de la Escuela Media Dobson. Sus restos fueron recuperados de una casa que había sido abandonada. Los detectives de la escena del crimen parecen creer que su cuerpo sufrió múltiples puñaladas. Según la oficina del forense, murió alrededor del día en que desapareció hace unos siete años. La comunidad esperaba realmente que volviera a casa sano y salvo.

Los actuales estudiantes de la Escuela Media Dobson están celebrando una vigilia con velas esta noche. El Departamento de Policía de Detroit está pidiendo a cualquiera que tenga alguna información que por favor se presente".

LIBROS DE LA AUTORA

- DAMAGED little girl
- Niña Dañada (version en español)
- A DAMAGED WOMAN
- DAMIEN'S SECRET
- DAMIEN'S SECRET II
- El Secreto de Damien I (version en español)
- El Secreto de Damien II (version en español)
- Who The F*ck Is Society?

CONTÁCTAME

- Website: www.naturallysunni.com
- Email: naturallysunnibooks@gmail.com
- Instagram: Sunni_theauthor
- Facebook: Sunni T. Connor
- YouTube: Naturally Sunni

www.ingramcontent.com/pod-product-compliance
Lightning Source LLC
Chambersburg PA
CBHW020728210626
46807CB00016B/489